ROBERT FELDHOFF

RAUMPILOTEN

Perry Rhodan

ROBERT FELDHOFF

RAUMPILOTEN

BSV
Burgschmiet Verlag

Die Deutsche Bibliothek CIP–Einheitsaufnahme
Feldhoff, Robert: Raumpiloten / Robert Feldhoff.
1. Aufl. - Nürnberg: BSV, 1998
(Perry Rhodan; Bd. 415)
ISBN 3-932234-92-8

Lieferbare Titel:

Tuulemas Welt 404 ISBN 3-932234-50-2
Rückkehr nach Derogwanien 405 ISBN 3-932234-51-0
Das Syndikat der Mächtigen 406 ISBN 3-932234-52-9
Der programmierte Attentäter 407 ISBN 3-932234-53-7
Dragon Tower 408 ISBN 3-932234-54-5
Geheimkommando Iprasa 409 ISBN 3-932234-55-3
Raumschiff zu verkaufen 410 ISBN 3-932234-56-1
Das Versteck der Sternengarde 411 ISBN 3-932234-57-X
Das Vurguzz-Imperium 412 ISBN 3-932234-58-8
Kinder des Arresums 413 ISBN 3-932234-90-1
Statistiker des Todes 414 ISBN 3-932234-91-X

ISBN 3-932234-92-8 – 1. Auflage 1998

Redaktion: Klaus N. Frick
Illustrationen Cover und Innenteil: Swen Papenbrock
Covergestaltung: Brigitte Bonfield
Druck: Elsnerdruck GmbH
Printed in Germany

RAUMPILOTEN

1

Unter seinen Füßen schaukelte es ein bißchen, als er mit verbundenen Augen aus der Space-Jet geführt wurde. In der Luft lag ein scharfes, salziges Aroma.

»Kommen Sie mit!«

Jemand faßte ihn am Arm. Der Griff war bestimmt, aber nicht brutal.

Über sich hörte er ein schnappendes Geräusch. Die Impulstriebwerke der Jet wurden von Schutzkappen verschlossen, um einen unbeabsichtigten Austritt schädlicher Substanzen zu verhindern. Er kannte jeden einzelnen dieser Vorgänge. Das alles war ihm lange in Fleisch und Blut übergegangen; so lange, daß er es anscheinend niemals wieder herausbekommen konnte.

Da waren Geräusche, die meisten unbekannt und nicht sehr laut, aber ein dichter Teppich davon. *Sehr viele Menschen. Darunter auch unvertraute Stimmlagen, wahrscheinlich Blues. Ozongestank. Ein Seevogelschrei.*

Das Schaukeln konnte natürlich Einbildung sein. Auf jeden Fall war es zu schwach, um es mit Bestimmtheit wahrzunehmen. Zusammen mit dem Salz und dem Seevogel ließ es jedoch den Schluß zu, daß er sich auf dem Ozean befand. Vermutlich auf einer geheimen, wassergestützten Landeplattform, überlegte er – eine Menge Aufwand für einen Expiloten wie ihn.

Die Haare wurden ihm gegen den Kopf geblasen, als man ihn mit immer noch verbundenen Augen vom Landeplatz wegführte.

»Vorsicht, Stufe!«

Ein urwelthaftes Brüllen, das von hinten kam, erschreckte ihn nicht einmal. Soeben war ein leichter Raumjäger gestartet, wahrscheinlich ein Mercura-Typ. Er wünschte sich, er hätte selbst an den Kontrollen gesessen. Aber seine Jahre in der Flotte waren vorbei. Für immer und alle Zeiten, und wenn die Sehnsucht in seinem Inneren noch so unerträglich wurde.

Andromeda lag hinter ihm.

Das Solare Imperium hatte sich im Jahr 2420 vom Konflikt mit den Meistern der Insel längst nicht erholt. Die galaktopolitische Lage mußte als instabil bezeichnet werden. Im Sternhaufen Borghenhall war er jedoch weit von allem entfernt.

Die galaktische Musik wurde anderswo gespielt, auf Terra und Arkon, im Sphinx-System, im Springer-Hauptquartier auf Archetz.

Borghenhall war ein Niemandsland der Mächte, mehr als zwanzigtausend Lichtjahre vom Solsystem entfernt. Keiner der galaktischen Blöcke verfügte über militärischen Zugriff. Und zwar aus einem einzigen, einfachen Grund: Es mangelte am *Interesse*. Dem Sternhaufen kam nicht die geringste strategische Bedeutung zu.

A'Mascer konnte es nur recht sein. Er hatte sich den Platz, an dem er sein weiteres Leben verbringen wollte, mit voller Absicht ausgesucht. Wenn er abschalten wollte, brauchte er Frieden.

»Ihr könnt mir jetzt endlich die Binde abnehmen«, sagte er.
»Das entscheidet der Kommandeur.«
»Welcher Kommandeur?«
Er hörte, wie der unbekannte Führer tief Luft holte.
»Halt den Mund«, versetzte der Mann unwirsch.
Seborian A'Mascer setzte vorsichtig Schritt an Schritt. Hinter ihm klappte eine schwere Eisentür. Ein positronisch gesteuerter Verschluß wurde mit einem Kodeschlüssel geöffnet.
Die Geräusche verstummten wie abgeschnitten. Stattdessen nahm er jetzt ein dumpfes, allgegenwärtiges Brummen wahr, das von laufenden Reaktoren zeugte. Die Tatsache, daß dieses Brummen gleichzeitig intensiv und weit entfernt klang, bestätigte seine Theorie: So kräftige Maschinen benötigte nur eine Landeplattform.
A'Mascer wußte nur noch nicht, wie das Ganze mit dem Schaukeln und dem Salzgeruch zusammenpaßte.
Er kletterte blind mehrere Treppen hintereinander abwärts, bis man ihn irgendwo hinstellte und sagte: »Stehenbleiben! Sie werden gleich abgeholt.«
Wieder klappte eine Tür.
Seborian A'Mascer widerstand mit Mühe der Versuchung, seine Augenbinde abzureißen. Er hatte sich freiwillig verpflichtet, den Flug genau so mitzumachen. Und an sein Wort fühlte er sich unter allen Umständen gebunden.
Die nächste Tür: Diesmal direkt neben ihm.
Eine angenehm tiefe, sonore Stimme sprach: »Seborian A'Mascer? Sie sind der Pilot von Thoben-6? Ein

Andromeda-Veteran, nicht wahr?«

»Ja. Millionen Terraner waren in Andromeda, das interessiert heute nicht mehr. – Und wer sind Sie?«

Keine Antwort.

»Vielleicht der ›Kommandeur‹?«

Er konnte die Verblüffung seines Gegenübers förmlich spüren.

»Das ist richtig. Aber kommen Sie doch herein.«

Seine rechte Hand wurde von einer warmen, schwieligen Pranke genommen. Seborian A'Mascer ließ sich in einen behaglich duftenden Raum führen. Es roch nach schwarzem Tee. Der Kommandeur drückte ihn in einen breiten Sessel.

»Nun ... Ich will gleich offen mit Ihnen reden, A'Mascer. Ich habe Sie herbringen lassen, weil ich Ihre Hilfe benötige. Bei den Außenwelt-Piloten ist noch ein Platz frei. Und Sie sind derjenige, mit dem ich ihn besetzen will.«

Seborian A'Mascer nahm die Aussprache des Mannes deutlich wahr. Interkosmo wurde an den meisten Stellen innerhalb der Milchstraße verstanden; dennoch war es möglich, verschiedene Akzente den Sternregionen zuzuordnen. Bei dem Mann handelte es sich vermutlich um einen gebürtigen Terraner. *Ein gebildeter Mensch. Universität von Terrania wahrscheinlich.*

»Außenwelt-Piloten?« fragte er. »Nie gehört.«

»Das werden Sie bald, A'Mascer. Alle werden es. Aber erst, wenn es an der Zeit ist, wenn wir den ersten Schlag geführt haben.«

»Sie sprechen in Rätseln.«

»Ich weiß, ich weiß ... – Eine Tasse Tee? Guten quynglischen?«
»Ich bitte darum.«
A'Mascer nahm einen schwachen Luftzug wahr, wie er für Klimaanlagen typisch war. Er hörte, wie zwei Tassen aus einer Kanne gefüllt wurden. Kurz darauf zischte ein Streichholz; vermutlich entzündete der andere ein altmodisches Teelicht. An Bord einer Landeplattform erwartete man alles mögliche, aber keine anachronistischen Accessoires dieser Art.
»Was sagt Ihnen der Name PACET?« fragte der andere plötzlich.
Seborian A'Mascer schreckte auf. Er kramte tief in seiner Erinnerung.
»Eine Verbrecherorganisation«, murmelte er. »Zuerst im Zusammenhang mit den Springern in Erscheinung getreten, aus den wichtigsten Zentren der Milchstraße mittlerweile vertrieben. Man hört, daß das terranische Mutantenkorps wichtige Teile zerschlagen hat.
Neuerdings wurden PACET-Leute jedoch in den Randgebieten des Sternhaufens Borghenhall gesichtet. Ein multistellares Unternehmen, über das nicht viel bekannt ist.«
»Exakt«, erklärte der Kommandeur. »Der Öffentlichkeit ist nicht viel bekannt. Die Geheimdienste wissen allerdings genug, um den verantwortlichen Stellen in jeder wichtigen Regierung eine Höllenangst zu machen. Der Dreiplanetenbund, Thoben-6, Quynglor, sogar Whaan und Pirosta ... Man könnte sagen, daß hinter verschlossenen Türen eine milde Form von Panik herrscht.

PACET ist aus den Zentren der Milchstraße ausgewandert. Es sieht so aus, als wollten sie sich jetzt ausgerechnet bei uns breitmachen. Die kriminellen Organisationen, die in Borghenhall bereits vorher bestanden haben, sind mittlerweile zu PACET übergelaufen, und zwar ohne Ausnahme. Auf Pont Selimor haben sie de facto bereits die Macht übernommen. Die herrschenden Drogenkönige ordnen sich bedingungslos unter.«

»Weshalb?« staunte A'Mascer. »Übt PACET einen derartigen Druck aus?«

»Keineswegs. Sie tun es deshalb, weil sie sich einen Vorteil davon versprechen. Und ich kann Ihnen sagen, A'Mascer, daß diese Annahme nicht zu Unrecht besteht. Deshalb wurden die Außenwelt-Piloten gegründet. Unsere einzige Aufgabe besteht darin, PACET aufzuhalten. Bevor sie im Sektor Borghenhall nicht mehr aufzuhalten sind!«

Seborian A'Mascer lächelte trotz der Augenbinde. Er führte seine Teetasse vorsichtig zum Mund und kostete die durchdringende, quynglische Würze.

»Es fehlt Milch«, bemerkte er.

Er hörte ein Lachen seines Gegenübers. »Ich kann Ihnen Mineralwasser besorgen lassen.«

»Aber nein, ich bitte Sie, Kommandeur. Erzählen Sie mir, was Sie bei den Außenwelt-Piloten mit einem kleinen Exflieger wollen.«

»Sie sind kein kleiner Flieger, A'Mascer. Sie haben gegen die Meister der Insel gekämpft. Und Sie sind der beste, der sich im Sektor Borghenhall auftreiben läßt. Hier ist nicht Terra, das hier ist der absolute Rand der besiedelten

Welt. Piloten von Format sind rar.«

»Wahrscheinlich wissen Sie, daß ich den Dienst längst quittiert habe. Ich ziehe keine Uniform mehr an.«

»Bei den Außenwelt-Piloten werden Sie im eigentlichen Sinn auch keine bekommen. Wir sind keine rein militärische Organisation. Das Militär arbeitet nicht effizient genug.«

»Dieser Ansicht bin ich ebenfalls.«

»Ich weiß. Bitte unterschätzen Sie mich nicht. Ich pflege mir meine Leute nicht ohne Vorbedacht auszusuchen. Ich weiß sogar, welche Zahnpasta Sie benutzen. Ich weiß auch alles über Orchida Caryol.«

»Ach ...!«

Der andere Mann lachte. »Sollte es mir tatsächlich gelungen sein, Sie zu überraschen?«

Seborian A'Mascer preßte die Lippen zusammen. *Orchida. Es tut mir leid. Ich hätte niemals hierherkommen dürfen.*

»Also hören Sie gut zu, was es mit PACET auf sich hat. Entscheiden können Sie dann immer noch, A'Mascer, einverstanden?«

»Okay.«

»Die Wurzeln der Bedrohung lassen sich bis ins Jahr 2122 zurückverfolgen. Die Vormachtstellung der Springer im galaktischen Handel begann damals allmählich zu zerbrechen. Das alles ist bekannt und längst Geschichte. Aber es gab einige fähige Köpfe bei den Händlern, die eine mehrgleisige Strategie bevorzugten. Sie sahen voraus, daß Militär und Handel allein die Macht der Springer in Zukunft nicht mehr sichern konnten. Die mächtigsten Patriarchen von Archetz schufen einen Finanzfonds, mit dem die Terraner und andere Neider auf Umwegen bekämpft werden sollten. Eine erste Untergrundorganisation wurde gegründet, auf mehreren Planeten, darunter Arkon und Terra. Zu Anfang agierte die Truppe im Sinn der Springer. Schon nach kurzer Zeit geriet die Sache jedoch außer Kontrolle – es wurde nur noch auf eigene Rechnung gearbeitet, für reinen Profit.

Die ehemalige Springer-Organisation tat sich mit ähnlichen Gruppen locker zusammen. Damit ging ein Erstarken der Kriminalität insgesamt einher, und zwar auf vielen Welten. Man erhöhte bald den Organisationsgrad und arbeitete mit militärischen Mitteln. Die ganze Milchstraße schien der PACET, wie man sich nun nannte, offenzustehen. Als wichtigstes Ziel wurde der Diebstahl von bestens geschützter Ultra-High-Tech definiert.

Die Springer, einst Initiatoren der Gruppe, wurden bald selbst zu Opfern erkoren. Der Ursprung von PACET besitzt heute keinerlei Bedeutung mehr.

Finanziell gesehen haben wir es mit einem Selbstversorger zu tun. Die Gruppe befaßt sich nebenbei mit allem, was Geld abwirft: Handel mit Drogen und Menschen, Blues-Sklaven, Mord, Schwerstkriminalität jeder Sorte. Skrupel scheint PACET nicht zu kennen. Heute schreiben wir den 3. Januar 2420. In den vergangenen zwölf Jahren trat PACET selten offen in Erscheinung. Aber das spricht nur für die Qualität der Gruppe. Sie haben die besten Diebe, die besten

Techniker, die konsequentesten Killer. Und wir wissen, daß die besten Raumjägerpiloten aus dem kriminellen Lager für PACET arbeiten. Diese Leute bereiten uns ungeheure Schwierigkeiten. Wenn Sie wüßten, A'Mascer, was alles schon gestohlen wurde ...! – Ach was, Sie würden es sowieso nicht glauben.«

»Borghenhall hat meines Wissens nicht sehr viel High-Tech zu bieten, Kommandeur.«

»Ein berechtigter Einwand. Sie werden jedoch sehen, daß das Ziel der Organisation vor kurzer Zeit *modifiziert* wurde.«

Seborian A'Mascer verzog keine Miene. Er wollte nicht zeigen, wie sehr der Bericht des Kommandeurs ihn aufwühlte und wie sehr es ihn ins Cockpit eines Jägers zurückzog. Allein die Tatsache jedoch, daß er in dieser Kabine saß, zeigte alles. Statt in Orchida Caryols Bett zu liegen ... Nein, er brauchte diesem Kommandeur nichts mehr vorzumachen.

Er fragte: »Was haben die Außenwelt-Piloten mit der Sache zu tun?«

»Nun, die Alkanische Abwehr des Dreiplanetenbundes, außerdem das Kommando Pirosta haben unabhängig voneinander bestimmte Fakten ermittelt. Demnach plant PACET einen großen, entscheidenden Schlag. Die kriminellen Organisationen wollen zu einer handlungsfähigen politischen Macht aufsteigen, und zwar im Sternhaufen Borghenhall. – Lächerlich, denken Sie? Leider ganz und gar nicht. Terra, Arkon, Akon und die anderen Großmächte sind weit entfernt. In Borghenhall sind wir traditionell auf uns gestellt, von den wenigen inoffiziellen Hilfen der Blöcke mal abgesehen. PACETS Schlag wird stattfinden.«

»Auf welche Weise?«

»Wir wissen es nicht. Allein die Aussicht hat den Regierungen der Systeme jedoch Beine gemacht. Deshalb entstanden die Außenwelt-Piloten. Wir werden mit allem ausgestattet, was die Materiallager hergeben. Unsere Mitarbeiter sind wenige, aber es sind die besten. Wir unterstehen lediglich den Regierungschefs. Dagegen sind wir jeder militärischen Einheit der angeschlossenen Nationen gegenüber weisungsbefugt.«

»Was heißt *wir*?«

Der Kommandeur räusperte sich. Seborian A'Mascer konnte hören, wie er sich langsam erhob und eine unruhige Wanderung durch die Kabine aufnahm.

»Im wesentlichen bedeutet das: *ich*. Aber auch meine Toppiloten erhalten umfangreiche Befugnisse. Ich sagte schon einmal, die Außenwelt-Piloten sind keine militärische Einheit im eigentlichen Sinn. Wir sind übergeordnet. Selbst unsere kleinsten Mechaniker wurden tausendfach gesiebt.«

»Eins gibt mir zu denken«, sagte Seborian A'Mascer. »Und zwar schon die ganze Zeit. Weshalb der Name ›Außenwelt-Piloten‹?Soll das heißen, daß die Piloten in der neuen Einheit die wichtigste Rolle spielen?«

»Das ist richtig. Unsere wichtigste Waffe ist ein neuentwickelter Raumjäger mit schwerer Impulskanone. Der Prototyp stammt aus den terranischen Werften. Dort wurde das Projekt nicht weiterverfolgt, und nun ... Aber ich will Sie nicht damit langweilen. Wir nennen ihn den

Microstriker. Es existieren lediglich zwanzig Stück davon. Für jeden Toppiloten also eine Maschine.«
Seborian A'Mascer spürte sein klopfendes Herz, als er diese Worte hörte. Er hatte Angst, daß er vor Erregung rot wurde. Weil selbst ein abgebrühter Kerl wie er noch immer vom König des Weltraums träumte; weil ihm klar wurde, daß er auf seinen Platz im Cockpit niemals hätte verzichten dürfen. *Auch nicht für dich, Orchida.* Die einzige Frau, die ihm mehr bedeutet hatte als das flüchtige Abenteuer einer Nacht, stellte ihn vor die Wahl: König des Weltraums oder ein glücklicher Mensch auf dem Boden von Thoben-6. Daß man beides haben konnte, dieser Gedanke hatte für Orchida Caryol niemals existiert.
»Nun, wie entscheiden Sie sich, A'Mascer? Kommen Sie zu den Außenwelt-Piloten?«
»Ich muß darüber nachdenken.«
»Dazu ist keine Zeit.«
»Ich benötige einen Tag.«
»Nein. Ich weiß, daß Sie mit Ihrer Freundin sprechen wollen. Aber ich kann Ihnen den Tag nicht zugestehen. Nur eine Hyperkom-Funkverbindung.«
Seborian A'Mascer zerquetschte einen Fluch zwischen den Lippen. Seine Stimme hörte sich heiser an. Bergungsmissionen, Lastenflüge, Feindkontakt; all diese Dinge kannte und beherrschte er. Doch die schwierigsten Entscheidungen lagen oft im privaten Bereich.
»Wann bekomme ich diesen Microstriker?« fragte er.
»Vielleicht überhaupt nicht«, sagte der Kommandeur unverblümt. »Zunächst müssen Sie sich in unsere

Gruppe einfügen. Sie müssen sich bewähren, A'Mascer. So wie jeder andere. Uns stehen nicht mehr als zwanzig Microstriker zur Verfügung, aber etwa hundert talentierte Piloten von allen dreißig Planeten. Diese Mühlen sind pures Dynamit. Und glauben Sie mir, daß das keine Phrase ist.«

»Wann geht es los?«

»Heute. Sofort.«

»Verdammt! Dann bin ich dabei.«

Er konnte spüren, wie der Kommandeur hinter ihn trat. Langsame Schritte, Atem im Nacken. Die elastische Augenbinde wurde angehoben, gelüftet – und am Ende von Seborian A'Mascers Kopf gezogen.

In der Kabine war es blendend hell. Er schaute auf ein prall gefülltes Lesespulenregal in Neon, auf ein altes, abgeschabtes Teeservice, auf einen Orterschirm im Hintergrund, eine Positronik und einen schweren Ledersessel. Dies war der Arbeitsplatz eines vielbeschäftigten Mannes. An der rückwärtigen Wand hing ein nicht besonders originelles Foto, ein Schnappschuß des berühmten Terraners Perry Rhodan, der vor dem Solaren Parlament sprach. A'Mascer konnte sich das Vorhandensein des Fotos nicht erklären.

»Willkommen bei den Außenwelt-Piloten!«

Den Mann, der Seborian A'Mascers Sessel umrundete und vor ihm stehenblieb, kannte er. Sein Gesicht war damals durch alle Medien gegangen. Der Haken an der Geschichte war lediglich, daß der Mann seit mehr als siebzehn Jahren als verschwunden galt.

»Laurents! Sie sind Caneron Laurents! Der übergelaufene

SolAb-Oberst!«

Der grauhaarige Mann mit dem breiten Gesicht lächelte milde. »Ich bewundere Ihr Gedächtnis, A'Mascer. Ich muß Sie jedoch korrigieren: Der Überlauf zum akonischen Energiekommando war damals eine getürkte Aktion. Sie brachte der Solaren Abwehr ein Dutzend Gefangene aus den höchsten Regierungsämtern. Aber man weiß ja, wie das Energiekommando auf Doppelagenten zu reagieren pflegt ... Daß auf meinen Kopf ein hoher Preis steht, dürfte klar sein. Es war daher geraten, in Zukunft aus dem Untergrund zu agieren. Borghenhall schien mir ein geeigneter Zufluchtsort zu sein. – Um ganz ehrlich zu sein: Ich hatte mir diesen ruhigen, beschaulichen Sternhaufen als eine Art Altenteil vorgestellt.«

»Ich verstehe, was Sie meinen.«

»Tatsächlich?«

»Ja. Es geht mir nicht sehr viel anders.«

»Sie sind jung, A'Mascer.«

»Vor allem müde. Und zwiegespalten. Ich habe Angst, daß ich eines Tages in einem Jäger sitze und wirklich glaube, daß dies hier wichtiger als der Rest meines Lebens ist.«

»Dennoch«, beharrte Laurents, »tragen wir eine Verantwortung. Wir werden uns den Erfordernissen stellen müssen. Keiner von uns hat es sich ausgesucht. Borghenhall braucht uns, auch wenn es sich theatralisch anhört.«

Borghenhall braucht uns.

A'Mascer lachte bitter. Dreißig besiedelte Welten hatten

sich zu einem losen Staatenbündnis zusammengefunden; ein Bündnis, wie man es in der Milchstraße vorher nicht gekannt hatte.
In unmittelbarer stellarer Nachbarschaft lebten 38 Milliarden Siedler, viele in der dritten Generation. Der Sternhaufen galt als Sammelpunkt von Kolonisten, die der traditionellen Feindschaft der Völker entsagen wollten. Borghenhall galt als Beispiel einer Kooperation, in der sich – wenn auch von atmosphärischen Störungen begleitet – gegnerische Rassen verbündeten.
Ein Großteil der Borghenhall-Kolonisten stammte aus dem terranischen Siedlungsraum. Seborian A'Mascer war einer von sehr vielen.
Das aufstrebende Thoben-6 wurde vor mehr als zwei Jahrhunderten besiedelt, direkt von Terra aus.
Kennzeichen des Dreiplanetenbundes, des D.P.B., war das friedliche Vielvölkergemisch auf den drei Planeten des Systems. Pirosta, auf der anderen Seite des Sternhaufens gelegen, war von Abkömmlingen ehemaliger Arkon-Kolonisten besiedelt. Auf dem benachbarten Whaan schließlich lebten ehemalige Gataser-Blues, aber auch Latoser.
Als schwarzes Schaf wurde lediglich Pont Selimor betrachtet, eine Welt der Gesetzlosen und Drogenkönige.
Borghenhall funktionierte durch ökonomischen Druck. Die mangelnde Präsenz der fernen Mutterwelten zwang zur Kooperation. Ein Krieg schien ausgeschlossen. Militärische Kräfte waren vorhanden, aber nicht sehr stark. Technologischer Fortschritt fand statt, konnte

sich mit den Verhältnissen auf Terra und anderswo jedoch nicht messen.
Unter dem Strich ergaben sich Verhältnisse, die der einen oder anderen kriminellen Organisation als reines Paradies erscheinen mußten – so wie PACET.
Und er, Seborian A'Mascer steckte plötzlich mittendrin. Ebenso wie dieser SolAb-Oberst.
Er musterte den anderen sehr genau. Laurents wirkte tatsächlich alt. A'Mascer dachte plötzlich wieder an die Klimaanlage; und er sah neben dem Bücherregal einen Haufen bunte Schachteln liegen. Es waren die verschiedensten Medikamente.
Laurents lächelte schmerzlich. Er hatte den Blick sehr wohl bemerkt. »Ein Andenken an meine Zeit als Doppelagent. Es kam, wie es kommen mußte: Ich wurde entlarvt und angeschossen. Entkommen bin ich damals – sonst wäre ich nicht hier, A'Mascer –, aber die Nachwirkungen spüre ich bis heute. Bedauerlicherweise hänge ich von diesem Zeug ab ...«, er deutete auf die Medikamentenschachteln, »... und verbringe mein Leben in klimatisierten Räumlichkeiten. Alles vorbei und nicht zu ändern.«
An den Schulterstücken seines Overalls prangten weiße Symbole auf blauem Grund, die Seborian A'Mascer nie vorher gesehen hatte. Die stilisierte Grafik sah aus wie ein sehr einfacher Raumjäger.
Kommandeur Laurents lächelte. »Das Symbol der Außenwelt-Piloten. Sie werden dieselbe Kleidung bekommen. Nur mit anderen Rangabzeichen. Und nun folgen Sie mir bitte, die Zeit drängt.«

Der Kommandeur führte ihn dieselben Treppen hinauf, die er zuvor mit verbundenen Augen bewältigt hatte. Zwischendurch benutzten sie einen Antigravschacht. Hin und wieder kreuzten Männer und Frauen der Besatzung ihren Weg. Ihre Kleidung wies darauf hin, daß sie den Armeen mehrerer Borghenhall-Systeme angehörten.

Obwohl Laurents keine Uniform im üblichen Sinn trug, grüßten ihn die Leute mit Respekt. Den Expiloten an Laurents' Seite trafen neugierige Blicke.

»Wie lautet der Name dieser Landeplattform?«

Der Kommandeur lächelte. »Von welcher Landeplattform sprechen Sie? Lassen Sie sich einfach überraschen.«

Die beiden Männer öffneten das letzte Schott ins Freie. Über ihnen wölbte sich der Himmel von Thoben-6. Das algendurchsetzte, schimmernde Grün eines Ozeans erstreckte sich in alle Richtungen.

Sie waren auf hoher See. A'Mascer konnte kein Land mehr sehen, auch nicht die charakteristischen Dunsthauben der Küstenstädte. Ein kreischender Vogelschwarm zog in weiter Entfernung seine Bahn. Die Lautstärke der Schreie deutete darauf hin, daß es sich um große Fleischfresser handelte. Die Vögel befanden sich auf Fischfang, und sie ließen sich offenbar von der Anwesenheit fremder Wesen in diesem Gebiet nicht stören.

A'Mascer blickte auf eine rechteckige, beeindruckend große Landefläche aus Terkonitstahl. Das Schiff besaß eine Länge von mindestens 200 Metern, bei 120 Metern Breite. Mehrere 60-Meter-Korvetten hätten darin Platz.

Am Rand der Plattform, nur wenige Meter von A'Mascers Standort entfernt, ragte ein dreißig Meter durchmessender Kommandoturm auf. An der Wandung waren Orter- und Hyperfunk-Antennen befestigt.

A'Mascer legte den Kopf zurück: Donnergrollen kam von oben.

Ein Geschwader von Mercura-Kampfjägern senkte sich aus der Luft. Die Maschinen maßen 15 Meter von der Schnauze bis zum Heck. Sobald die Impulstriebwerke stillstanden, verschwanden sie auf Hebebühnen im Rumpf des Schiffes. A'Mascer erkannte, daß es sich um Trainings-Jäger handelte. Auf einer Mercura mit positronischem Kontrollpilot hatte auch er gelernt.

Unten nahmen Servicemannschaften die Arbeit auf. *Stützmassen erneuern und Maschinenchecks. Natürlich Instrumententests. Alles, was ein Leben rettet.*

A'Mascer begriff, daß er sich auf einem reinen Trägerschiff für Raumjäger befand.

Ihre Schritte führten sie aufs Landefeld hinaus. Vertreter aller Borghenhall-Rassen arbeiteten an Deck: Terraner, Arkoniden, Akonen und Gataser-Blues.

Der Abflug einer zweiten Mercura-Staffel wurde auf eine Weise vorbereitet, die A'Mascer als höchst effizient betrachtete. Auch dieses Mal waren es Trainingsmaschinen.

»Das ist unser Trägerschiff KHEER«, erklärte der Kommandeur. Der stolze Tonfall in seiner Stimme war nicht zu überhören. »Das erste und einzige seiner Art, unter strengsten Sicherheitsvorkehrungen konstruiert und erbaut. Im Solsystem wären wir damit vielleicht lächerlich – hier stellen wir eine Macht dar. Die KHEER besitzt keine Landevorrichtung, deshalb müssen wir sie entweder auf freies Wasser legen, oder sie bleibt im Orbit. Die Reichweite beträgt mehr als dreißigtausend Lichtjahre. Moderne Lineartriebwerke sind natürlich an Bord. Wir haben unter der Hand ein bißchen Unterstützung von der Solaren Abwehr bekommen; im Sol-System legt man Wert darauf, daß sich Borghenhall nicht zu einem Störfaktor entwickelt. Meine Verbindungen zu Allan D. Mercant sind nach wie vor ausgezeichnet.«

»Weiß PACET vom Trägerschiff?«

»Ich kann es Ihnen nicht sagen. Vielleicht wissen die anderen, daß wir irgend etwas haben. Aber ganz bestimmt nicht, um was es sich handelt.«

Der markerschütternde Sirenenton eines Vollalarms gellte plötzlich über das Deck.

A'Mascer sah jeden Flecken des Trägers zu zielgerichtetem Leben erwachen. Inmitten des scheinbaren Chaos wirkten er und der Kommandeur wie Statuen, bis in Laurents' drahtige Gestalt plötzlich Leben zurückkehrte. Der ehemalige SolAb-Oberst explodierte förmlich. Er rannte zum Kommandoturm, A'Mascer kurz hinter ihm, und erreichte über einen Antigravschacht die Brücke der KHEER.

»A'Mascer! Sie bleiben hier. Stören Sie nicht.«

»Aye.«

Er stellte sich in eine Ecke und beobachtete. Drei Panoramafenster erlaubten einen weiten Blick nach vorn. Aber nichts war zu sehen. Die Orterschirme lieferten eine Fülle von Anzeigen, mit denen er auf Anhieb

nichts anzufangen wußte. Er war mit den Systemen in der KHEER nicht ausreichend vertraut.
Innerhalb der nächsten Minuten trafen mehr als dreißig Personen auf der Brücke ein. Verschiedene Interkosmo-Akzente erfüllten den Raum. Sogar ein paar Blues-Worte kamen hinzu. Die Kommunikation klappte einwandfrei, weil jeder wußte, was zu tun war.
Der Erste Pilot des Trägers hieß Aksai Pradesh, dem samtbraunen Teint nach ein Akone. A'Mascer merkte ihm an, daß er ein fähiger Mann war. Sein Rang entsprach dem eines Majors.
Beim Kommandeur liefen die Fäden zusammen. An den Orterschirmen empfing Laurents Berichte, kommandierte, schickte Personen mit nicht verständlichen Aufträgen fort.
Nach kurzer Zeit löste sich Laurents aus dem Pulk.
»Ich habe einen Auftrag für Sie, A'Mascer. Die meisten Toppiloten befinden sich derzeit nicht auf der KHEER. Sie überführen vom Stützpunkt Pech Dahlia die ersten Exemplare des Microstriker. Mir stehen lediglich elf Leute im gehobenen Status zur Verfügung – wenn ich Sie dazurechnen darf.«
Er gab sich einen Ruck. Es fiel ihm nicht einmal schwer.
»Sie dürfen, Kommandeur. Worum geht's?«
»Wir liegen derzeit vor der Küste des Ferenize-Kontinents. 120 Kilometer entfernt von hier befindet sich ein kleines PACET-Ausrüstungslager. Eines der wenigen, deren Position bekannt ist. Unsere Leute melden Aktivität von dort. Der gesamte Stützpunkt wird offenbar soeben hektisch ausgeräumt. Wir wissen nicht,

wieso, aber wir *wollen* es wissen. Jemand muß einen Einsatz fliegen. Sie nehmen als Jägerpilot unter Führung von Leutnant Gyüm Hyriet am Einsatz teil.«

A'Mascer hatte von Gyüm Hyriet niemals vorher gehört. Dem Namen nach handelte es sich um einen Blue. Da er an der Überführung der Microstriker-Maschinen nicht beteiligt war, gehörte Hyriet folglich nicht zu den besten Kräften der Außenwelt-Piloten.

Die Staffel bestand aus sechs TK-2F Mercura-Kampfjägern – einer leichtbewaffneten Version für planetare Einsätze – und fünf schweren Standardjägern vom Typ CC-70 CosmoSheep.

A'Mascers Kodename für die Mission lautete *Cosmo-2.*

In weniger als fünfzig Metern Höhe rasten sie über den Ozean von Thoben-6. Die Küstenlinie des Ferenize-Kontinents schimmerte in einiger Entfernung. Seborian A'Mascer flog mit halbautomatischer Positronik-Unterstützung. Der Steuerknüppel, den er fest in Händen hielt, wurde dennoch für alle Manöver vorwärts, rückwärts oder zur Seite verwendet.

Seitlich hinter ihm hockte ein Bordschütze, der die Bewaffnung des Jägers kontrollierte. A'Mascer verließ sich darauf, daß Laurents ihm einen guten Mann zugeteilt hatte. Zwei völlig fremde Flieger zusammenzuwürfeln, stellte dennoch ein Risiko dar.

Es war das erste Mal seit langer Zeit, daß er als Pilot im Cockpit saß. Orchida Caryol hätte sich über den Anblick nicht gefreut. Sie hatte Raumschiffe immer

als Konkurrenz betrachtet.
A'Mascer fühlte sich wie zu Hause im CosmoSheep. Die Steuerung bereitete ihm keinerlei Probleme.
»Sie sind kein besonders gesprächiger Kerl, Htontas«, sprach er laut zu seinem Nebenmann.
»Nein.«
»Gläubiger Bàalol?«
»Natürlich! Ich bin der Sohn eines Anti-Priesters, auch wenn ich meine Heimat verlassen mußte!«
A'Mascer bereute seine Frage. Die Erregung, mit der Marmoud Htontas aus seinem Kontursitz nach oben kam, wies ihn als Fanatiker aus. Der Anti war ein Typ, der für seinen Glauben jederzeit sterben würde.
Dennoch gehörte er zu den Außenwelt-Piloten. Er mußte ein überdurchschnittliches Können aufweisen, und er mußte imstande sein, sich einzuordnen.
»Es könnte zu Kampfhandlungen kommen, Htontas. Wie sieht es mit Erfahrung aus?«
Der Anti drehte sich geringschätzig zu A'Mascer um. Er hatte ein faltiges, dunkles Gesicht, mit tief in den Höhlen liegenden schwarzen Augen. Antis gehörten zu den stark menschenähnlichen Rassen der Milchstraße.
»Erfahrung? Gegen mich sind Sie ein grüner Junge. Machen Sie sich keine Sorgen.«
Sie näherten sich der Küstenlinie.
»Leutnant Gyüm Hyriet spricht«, vernahm er eine schrille Stimme über Funk.
Blues hörten sich immer so an, der Klang hatte nichts mit Erregung zu tun.
Etwas an seinem Tonfall ließ A'Mascer dennoch

mißtrauisch werden. Er wußte nur nicht, was es war.
»Staffel bereitmachen! 2,5 Kilometer Südsüdwest, die stillgelegte Raffinerie. Auftrag: Verhindern Sie das Entkommen sämtlicher Fahrzeuge oder Fluggeräte.
Sämtliche Personen auf dem Gelände müssen gefangen werden. Bodentruppen treffen in circa 15 Minuten ein.«
Die nächste Siedlung war von hier aus nicht zu sehen. Sie konnte jedoch nicht weit entfernt sein.
Seborian A'Mascer kniff die Augen zusammen. Die Fernoptik des CosmoSheep holte schwer erkennbare Kleinigkeiten nahe heran. Er versuchte, sich kein Detail entgehen zu lassen.
Das Raffineriegelände war von einem stählernen Zaun umgeben. Sieben bottichartige, zwanzig Meter hohe Gebäude hatten einmal als Lagerbehälter für Chemikalien gedient. Dazwischen ragte als schwer überschaubares Gewirr aus Rohren, Stahlgestellen und eingehängten Kammern die eigentliche Raffinerie auf.
Zum Meer hin schloß ein Landekai das Gelände ab. Ein Lastkahn dümpelte in mäßigem Wellengang, daneben standen drei kleine Gleiter.
Die Anlage machte einen veralteten Eindruck. A'Mascer nahm an, daß die ersten Siedler auf Thoben-6 sie errichtet hatten.
Eine Straße und ein von Gras halb überwuchertes Antigrav-Leitsystem führten landeinwärts. *Seltsam. Stillgelegte Antigrav-Poller, aber eine Lokomotive mit zwei Waggons.*
Die CosmoSheep und die Mercuras zogen im Tiefflug über die Anlage.

In die scheinbar reglose Raffinerielandschaft kam plötzlich Leben: Zwei Antigrav-Laster schossen aus dem Schatten eines Riesenbottichs hervor. Sie hatten keine Chance. Bevor sie die offenstehende Lücke im Zaun erreichen konnten, stürzten sich Mercura 1 bis 4 auf die Fluggefährte. Die Bordschützen setzten zur Warnung einige Thermosalven ab, direkt in Flugrichtung der Laster.

Das Signal wurde verstanden. Keiner der Laster flog mehr weiter. Statt dessen verzögerten die Fahrzeuge, wendeten kurz über dem Boden und begaben sich in den Schutz der Raffinerie zurück.

»Ich erkenne nicht genug!« schimpfte A'Mascer.

»Infrarot vorschalten?« fragte Htontas.

»Nein. Das macht es nicht besser. Das Problem sind die vielen Rohre und die Tanks.«

Ab und zu sah er humanoide Gestalten. Sie hatten es mit Menschen oder mit Menschenabkömmlingen zu tun.

Er ließ den CosmoSheep hin und her tanzen; nicht einfach, da der CC-70 eine relativ hohe Masse besaß.

Impulstriebwerke eigneten sich nicht für Zentimeterarbeit.

Im selben Augenblick brach ringsum Chaos los. Aus allen Winkeln, aus den Höhen der Stahlgerüste und aus dem Schatten der Bottiche schlug heftiges Abwehrfeuer.

»Automatikblaster«, kommentierte Htontas in aller Seelenruhe. »Ich erkenne die Mündungsblitze.«

A'Mascer ließ den Schutzschirm des CosmoSheep aufflammen. Um den Rumpf des Jägers legte sich ein blasser rötlicher Schimmer.

Eine leuchtende Feuerspur schoß an ihnen vorbei. Die Kurve war eindeutig ballistisch.
»Wenn das nur alles wäre!« betonte Seborian A'Mascer. »Mir scheint, sie haben auch Explosiv-Geschosse. Das dürften Boden/Luft-Kampfraketen sein.«
Die energetische Hülle des Jägers war geeignet, auftreffendes Feuer aus Thermo- oder Desintegratorwaffen abzuleiten. Allerdings hielt der Schutzschirm Festgeschosse nur begrenzt ab, und darin lag die Chance der Angreifer.
»Ausweichmanöver!« ordnete Gyüm Hyriet durch den Interkom an. »Jede Maschine auf eigene Faust!«
A'Mascer ließ den CosmoSheep tänzeln. Ein Boden-Luft-Geschoß raste mit nicht mehr als einem Meter Abstand am Schutzschirm vorbei. In einem Raumgefecht waren Festgeschosse nutzlos aufgrund der mangelnden Geschwindigkeit. Über einem Planeten sah das anders aus. Dort konnten die Raumjäger ihre überlegene Geschwindigkeit nicht ausspielen.
Verdammt! Woher haben die Kerle solches Zeug?
Dann kam es zur Katastrophe. Es traf Mercura 1, eine Einheit aus der vordersten Linie. Der Jäger raste mitten ins Zentrum einer Explosion. Für den Bruchteil einer Sekunde dehnte sich der Schutzschirm des Jägers aus. Zum Vorschein kamen nur noch glühende Reste, die zu Boden trudelten.
A'Mascer wünschte sich, sie hätten Material der Solaren Flotte gehabt. Mit dem Moskito-Jet des Andromeda-Feldzugs hätte es keine Opfer gegeben. Aber dies war Borghenhall, und sie kämpften nicht gegen die Meister

der Insel, sondern gegen Kriminelle.
Mit wenigen Sekunden Abstand explodierte Mercura-4, wieder eine Boden/Luft-Rakete. Mercura-4 glitt nicht zur Seite, sondern versuchte es mit Gegenschub. Der Jäger war nicht zu retten.
»Htontas!« kommandierte er mit belegter Stimme.
»Feuer frei! Sobald Sie jemanden sehen! Nach Möglichkeit Warnschüsse, keine Opfer! Wir wollen sie nur unter Druck setzen.«
Der Anti sagte nichts. Seine kauernde Haltung zeugte von Konzentration. Als er angriff, geschah das mit dem schweren Thermogeschütz. Ein Lagerschuppen, hinter dem für Sekunden Mündungsfeuer aufgeblitzt war, verging in einem grellen Blitz.
A'Mascer hatte keine Zeit, sich über die eigenwillige Befehlsauslegung Sorgen zu machen.
Sein Blick fiel auf ein halbes Dutzend Personen, die ins Freie sprangen. In höchstem Tempo sprinteten sie Richtung Kai. Sie alle trugen Kampfanzüge. Auf dem Rücken transportierten sie Säcke.
Das Funkgerät schlug an: »Hyriet spricht! A'Mascer, sehen Sie die Kerle am Schuppen?«
»Deutlich, Leutnant!« meldete er.
»Sie sind am nächsten dran! Übernehmen Sie!«
»Verstanden.«
Er ließ den CosmoSheep im schaukelnden Seitwärtsflug halb um die Raffinerie treiben. A'Mascer wendete und steuerte den Jäger nach vorn.
»Htontas! Nur die Gleiter und den Lastkahn. Keine Leichen, das ist ein Befehl!«

Bevor die Gestalten den Kai erreichten, glitt A'Mascers Jäger über den Anleger hinweg. Die Nase des Jägers war nach vorn gekippt. Eine brennende Schnur aus Energie zog sich durchs Wasser. Als sie die Gleiter und das Boot erreichte, explodierten die Rümpfe in einem Regen aus Metall und Plastik.

»Gut gemacht, Htontas. – Nein! Kein Feuer auf die Leute! Wir treiben sie zurück in die Raffinerie. Da haben wir alle auf einem Haufen.«

Die PACET-Leute reagierten, wie es A'Mascer vorausgesehen hatte. Sie brachten sich im Gewirr in Sicherheit.

»Militärverbände rücken an«, gellte Gyüm Hyriets Stimme über Funk. Der Blue hörte sich an, als stünde er kurz davor, die Nerven zu verlieren. »Ausschließlich Bodentruppen. Fünf Minuten bis zum Eintreffen. Wir müssen das schaffen. Haltet euch aus dem Feuer raus!«

Die verbliebenen vier Mercuras und fünf CosmoSheep bildeten einen Kreis um die Raffinerie. Die Festraketen der PACET-Leute schienen aufgebraucht. Auf die Entfernung gab es keine Chance mehr, die Jäger zu gefährden.

»Das kann nicht sein, Htontas ...«, murmelte er. »Diese Jungs geben doch nicht so einfach auf.«

A'Mascer behielt recht. Das Repertoire der Fremden war längst nicht ausgeschöpft. Ein paar Sekunden lang glich die Raffinerie einem Gewimmel von springenden Personen – und plötzlich setzte sich die Lokomotive in Bewegung.

Das bullige Gefährt hob einen Meter vom Boden ab. Unter dem Rumpf stiegen ionisierte Gase hoch, deutlicher

Hinweis auf ein schweres, hoffnungslos veraltetes Korpuskulartriebwerk. Dennoch konnte man mit einer solchen Maschine hohe Geschwindigkeiten erreichen.
Aus der Raffinerie deckte wütendes Feuer den Abzug der K-Lok.
Gebündeltes Thermofeuer schlug in den Schirm des CosmoSheep; viel zu schwach, den Mantel aus Energie zu durchbrechen. Aber das Feuer hielt sie auf Distanz, und vor allem störte es empfindlich ihre Sicht. An der Oberfläche eines Planeten auf Ortung umzuschalten, machte wenig Sinn.
»Leutnant!« rief er in sein Mikrofon. »A'Mascer spricht. Die Lok bricht aus!«
Gyüm Hyriet erteilte keine Weisung. A'Mascer hörte eine Folge schriller Laute, Blue-Gestammel an der Grenze zum Ultraschall.
Marmoud Htontas stieß ein unwilliges Knurren aus. »Der Leutnant ist ein Idiot. Blues sind in meinen Augen nervenschwache Versager, alle miteinander. Unternehmen *Sie* was, A'Mascer.«
Eigenmächtiges Handeln war nicht das, womit man sich bei Laurents beliebt machte. A'Mascer wußte das, er kannte sich mit Vorgesetzten aus. Auf der anderen Seite: Die PACET-Leute durften keine Chance bekommen, sich aus dem Staub zu machen.
»Leutnant Hyriet!« drängte er. »Leutnant, ich brauche einen Befehl!«
Der Blue verstummte jetzt, er war zu keiner Entscheidung fähig. Hyriet hatte den Verlust der Mercuras nicht verkraftet. Und das, überlegte A'Mascer, war alles andere

als eine Schande. Es störte jedoch empfindlich die notwendigen Maßnahmen.
Heranrückende Bodentruppen, in einiger Entfernung. *Zu weit entfernt. Die helfen uns nicht.*
»A'Mascer spricht«, rief er kurz entschlossen ins Mikrophon. »Cosmo-1 und Cosmo-3, Sie folgen mir. Wir halten die Lok auf.«
»A'Mascer!« gellte es prompt durch den Äther. »Sie haben keine Befehlsgewalt!«
Seborian A'Mascer befahl laut: »Ignorieren!«
Hyriets CosmoSheep blieb zurück, außerdem die restlichen Mercuras. Sie hatten genug zu tun, die Raffinerie in Schach zu halten.
Die K-Lok machte Geschwindigkeit. Sie bewegte sich durch eine Schneise im Gelände, entlang der stillgelegten Antigrav-Poller. Für Fahrzeuge mit Korpuskular-Triebwerk war die Schneise nicht gemacht. Aber das schien den PACET-Leuten egal zu sein.
»Jederzeit feuerbereit«, meldete der Anti.
A'Mascer entgegnete: »Feuerverbot, Htontas! Ich will keinen Fehler sehen.«
Mit leichtem Waffeneinsatz war die Panzerung der Lok nicht zu brechen. Und der Einsatz von schweren Waffen verbot sich in Oberflächennähe selbst.
»Was haben Sie vor?« fragte der Anti in aufreizender Ruhe. Er hing entspannt im Schützensitz, schräg hinter A'Mascer, so als wolle er gegen das Feuerverbot protestieren.
»Beobachten und Nachdenken.«
Man konnte eine K-Lok nicht aufhalten, indem man ihr

den Weg versperrte. Auch ein Jäger mit aktiviertem Schirm konnte das nicht.
»Cosmo-1 an A'Mascer. Sergeant Ledroit spricht. Ich habe eine Idee. Wir fliegen voraus und zerschießen die Schneise. Die Lok entgleist. Dann entkommen sie nicht mehr.«
»Zu gefährlich«, lehnte A'Mascer ab. »Ringsum ist felsiges Gelände ... abschüssig überall. Der Zug würde nicht nur entgleisen, sondern auch umkippen oder sich überschlagen. Das überleben die PACET-Leute nicht. Wir müssen sie noch verhören!«
A'Mascer starrte auf die Poller, die in scheinbar immer kürzeren Abständen vorüberzogen. Er machte sich klar, daß sie ohne ein Risiko nicht weiterkamen.
»Cosmo-1 und Cosmo-3: Sie fliegen ab sofort Scheinangriffe auf die Lok! Sorgen Sie dafür, daß die Leute drinnen in Deckung gehen, daß keiner seinen Kopf zu weit nach draußen steckt!«
»Befehl verstanden.«
Die beiden Jäger setzten sich nach vorn ab. Sie drehten mitten in der Luft, rasten mit feuernden Bordkanonen frontal auf den Zug zu.
Marmoud Htontas drehte sich lauernd um.
»Und was unternehmen wir?« fragte der Anti.
A'Mascer konzentrierte sich auf seinen Vogel. *Ja ... Direkt über die Lok.* Einen CosmoSheep in der Atmosphäre auszubalancieren war die hohe Schule der Flugkunst, selbst mit aktivierter Positronik.
»Die Lok da unten ist ein uraltes Modell, Htontas. Hohe Kraftentfaltung, gute Beschleunigung, aber auch ein

hoher Verbrauch an Stützmasse und Brennstoffen. Das Triebwerk sitzt in der Mitte der Lok. Diese Typen besitzen ein Wartungsschott, direkt von oben. Können Sie's sehen?«

Der Anti starrte auf das Dach der Lokomotive hinab. Schemenhaft war der quadratische Umriß erkennbar.

»Ja. Ich verstehe, was Sie vorhaben.«

»Und? Werden Sie es tun?«

»Ja.« Htontas schnallte sich demonstrativ von seinem Kontursitz los. »Antis sterben nicht, sie gehen ins Göttliche ein. Ich habe nichts zu verlieren.«

A'Mascer hoffte, daß er den CosmoSheep ausreichend stabilisieren konnte. Er drückte den Jäger tiefer, bis er in sechs Metern Höhe über der Lok dahinraste.

»Beeilung, Htontas! Dahinten ist eine Unterführung!«

In weniger als zwei Kilometern Entfernung erhob sich ein Hügelzug. A'Mascer sah die Schneise und die Reihe der stillgelegten Poller in einen Tunnel münden.

»Abwarten!« empfahl der Anti. »Wir kriegen sie auch noch dahinter.«

»Nein, Htontas. Irgendwo hinter den Hügeln liegt die nächste Stadt. Wenn sie es schaffen, mit dem fahrenden Zug dahin zu kommen, gibt es zivile Opfer. Das riskieren wir nicht. Eher jage ich diese verdammte K-Lok in die Luft.«

Der Anti öffnete einen Ausrüstungsschrank, der die Kabine nach hinten begrenzte. Wortlos verstaute er einen Thermostrahler und ein paar Werkzeuge in seiner Kombination.

»Gehen Sie runter, A'Mascer.«

CosmoSheep-1 und -3 flogen Ablenkungsmanöver. Thermogarben strichen knapp an der Lok vorbei.
A'Mascer ging zum letzten Mal tiefer: vier Meter über dem Dach der Lok. Er flog mit sämtlichen Steuerhilfen. Ohne Positronik hätte er den CosmoSheep nicht in der Luft gehalten.
Nur der Anti stellte vollkommene Ruhe zur Schau.
»Jetzt!«
Htontas riß das rechte Seitenschott auf. Ein Luftschlag fuhr in die Kabine, stark wie ein Hammer. A'Mascer wurde halb aus dem Sitz gerissen. Nur die Gurte hielten ihn.
Der Anti warf eine Notleiter aus Plastik hinaus.
»Beeilung!« brüllte A'Mascer. Er schaltete auf die abwärts gerichtete Kamera, und er sah die Leiter über dem Dach der Lok hin und her baumeln.
Der Hügelzug rückte näher.
»Noch eine Minute, Htontas!«
»Der Seitenwind ist noch zu stark.« »Gehen Sie raus! Wir können nicht länger warten. Ich bügle das aus.«
Htontas schwang sich aus der Kabine. Er kletterte am Seil hinab, so rasch er konnte, bei mehr als dreihundert Kilometern pro Stunde. A'Mascer konzentrierte sich darauf, den Kurs des CosmoSheep mit dem des Zuges zu synchronisieren, zumindest ein paar Augenblicke lang.
Htontas kam unten an.
Die Unterführung! Jetzt, Htontas! Jetzt!
A'Mascer sah den Hügelkamm. Cosmo-1 und Cosmo-3 drehten ab. Nur er selbst hielt den Kurs bis zur letzten Sekunde.

Htontas sprang. A'Mascer sah ihn auf dem Dach der Lok landen.
Er hatte keine Ahnung, ob sich der Anti halten konnte.
Mit hoher Beschleunigung ließ er den Jäger nach oben schießen. Die Impulstriebwerke rasierten mit weniger als zehn Metern Abstand am Hang vorbei.
Jetzt erst spürte er den Kloß, der sich wie ein Zentnergewicht in seiner Kehle ballte. »Cosmo-1, Cosmo-3«, erklärte er über Funk, »ich habe meinen Schützen auf der Lok abgesetzt. Ich gehe davon aus, daß er sich durch den gesamten Tunnel oben halten kann. Wir müssen ihn da schnell wieder runterholen.«
Die CosmoSheep überquerten den Hügelzug. Seborian A'Mascer ließ Suchformation fliegen; es war unklar, an welcher Stelle der Tunnel endete.
Die Fernoptik zeigte plötzlich Gebäude an. Die Stadt! Alles kam, wie es kommen mußte: Das Ziel der Schienenstrecke konnte nur ein Bahnhof sein, und A'Mascer wußte nun, wo dieser Bahnhof sich befand.
Jenseits der Berge drückte er den Vogel abwärts. Er stieß innerhalb kürzester Zeit auf den Schienenstrang.
Glück gehabt, Seborian.
»Cosmo-1, Cosmo-3! Ich habe ihn.«
Die Lok schoß aus dem Tunnel. Auf dem Dach kniete so gelassen, als ginge ihn das alles nichts an, Marmoud Htontas. A'Mascer bewunderte seine Nervenstärke.
Zwei Kilometer zur Stadt.
Ob es Htontas gelungen war, die Wartungsklappe zu lösen, ließ sich nicht erkennen. A'Mascer sah nur, daß der Anti plötzlich zerrte und rüttelte – und daß die

schwere Klappe wie ein Stück Pappe beiseite flog.
»Cosmo-1! Cosmo-3! Ablenkungsangriffe!«
Der Tanz der Jäger um die Lok begann von neuem.
A'Mascer manövrierte von hinten heran. Die Strickleiter wurde herumgewirbelt. Htontas langte mehrfach zu, bekam sie aber nicht zu fassen. *Komm schon!* Immer näher rückte die Stadt, während A'Mascer die Maschine über Htontas hielt.
Jetzt!
Es war, als habe Htontas den stummen Befehl wahrgenommen. A'Mascer verfolgte seinen Sprung per Kamera. Htontas bekam die Strickleiter zu fassen und ließ sie nicht mehr los. Gewandt wie eine Katze kletterte er hoch, zurück bis in die Kabine.
Mit abgerissener Wartungsklappe stampfte der Zug auf die Stadt zu.
A'Mascer hielt den Jäger zehn Meter hoch über der K-Lok. Htontas nahm eine Granate heraus. Er zog den Bügel ab, zielte in aller Seelenruhe und warf.
»Mist! Daneben!«
Das faustgroße Ei verfehlte sein Ziel um Zentimeter. Als es explodierte, war der Zug weit über die Stelle hinaus.
Ein zweiter Versuch. Ein dritter.
»Machen Sie schon!« drängte A'Mascer mit gegen den Flugwind gebrüllten Worten.
»Geduld. Ich versuch's noch mal.«
Wenn sie den Zug nicht stoppen konnten, war er vor der Stadt nicht mehr aufzuhalten. Es sei denn, dachte A'Mascer, mit der Thermokanone.
Htontas holte aus, nun zum vierten Mal – da versenkte

er die Granate direkt in das offenstehende Luk.

»Hochziehen!« schrie der Anti.

A'Mascer gab Energie auf den Antigrav. Wie an einer Gummiwinde gezogen, schnellten sie nach oben. Htontas zog das Schott zu und schnallte sich in den Schützensitz.

Unten erschütterte eine heftige Explosion die Lokomotive. Wo die Wartungsklappe gewesen war, klaffte ein bemerkenswert großes Loch. Soweit A'Mascer erkennen konnte, war von der bulligen Maschine nur noch Eisenschrott übrig. Das Korpuskular-Triebwerk war zerstört.

»Sie wird langsamer.«

»Offensichtlich«, seufzte A'Mascer. »Es hat geklappt.« Seine Handflächen waren feucht. Er spürte einen dicken Kloß in der Kehle. Was ihm fehlte, war die tägliche Übung. Er machte sich klar, daß er mit der Leistung von heute Andromeda nicht überlebt hätte.

Die Lok setzte auf dem Boden auf. In der Schneise raste sie weiter nach vorn, zum Glück, ohne zu kippen. Der Bewegungsimpuls zehrte sich durch die Reibung auf. Einen halben Kilometer brauchte die Lok, dann kam sie zum Stillstand. Der Zug stand auf freiem Feld, auf einem verwilderten Bahndamm, von feuchten Wiesen umgeben.

Die CosmoSheep zogen hoch, so daß sie für Handfeuerwaffen nicht zu erreichen waren.

Marmoud Htontas deutete mit dem Daumen nach

hinten. »Sieht so aus, als ob bei der Raffinerie ebenfalls alles geregelt wäre.«
»Ah.«
Mit hohem Tempo schossen die Mercuras heran, von Leutnant Gyüm Hyriet angeführt. Bodentruppen mußten die Raffinerie inzwischen erreicht und eingekesselt haben.
»An Cosmo-2, Pilot A'Mascer«, hörte er die schrille Stimme des Leutnants im Funkempfänger. »Ich übernehme erneut den Befehl. An die Staffel: Wir halten eine Kreisposition rings um den Zug. Bodenstreitkräfte sind im Anmarsch. Eintreffen innerhalb drei Minuten.«
Zweimal brachen die Leute im Zug aus. Die Jäger deckten sie mit Sperrfeuer ein, bis sie wieder Deckung in der Lok suchten.
Marmoud Htontas drehte sich zu A'Mascer um. Der Anti grinste breit. »Ich stelle fest, wir arbeiten gut zusammen.«
Seborian A'Mascer gab das Grinsen nicht zurück. »Sie vergessen, daß ich eigenmächtig gehandelt und die Autorität des Leutnants mißachtet habe. Warten wir ab, was Laurents dazu sagt.«
»Ich bin schon ein paar Tage länger bei den Außenwelt-Piloten. Wir stehen alle mehr oder weniger auf dem Prüfstand. Hyriet hat keine Zukunft. *Sie* schon. Sie sind ein fähiger Kerl, und Laurents weiß das. Der Kommandeur ist kein Idiot.«
Am Rand des freien Feldes tauchten Polizeigleiter auf. Sie kreisten die Lokomotive ein. Es fiel kein Schuß mehr. Nach kurzer Zeit flogen dutzendweise Handfeuerwaffen

aus den Fenstern der Lok. Kurz darauf folgten die PACET-Leute aus dem Führerstand. Ihre Hände hielten sie über den Köpfen verschränkt.
»Leutnant Hyriet an alle! Die Mission ist beendet. Rückflug zum Träger KHEER.«
A'Mascer ließ den CosmoSheep nach oben schnellen, in einem Manöver voller Übermut. Er saß wieder im Cockpit. Die Zeit des Daumendrehens war zu Ende.

2

Sie erreichten den Träger bei Einbruch der Dunkelheit. Laurents verzichtete darauf, seine Piloten zum Rapport zu bestellen. A'Mascer konnte sich ausrechnen, was der Grund dafür war: Immerhin hatten die Außenwelt-Piloten Gefangene gemacht. Man mußte Verhöre führen, Angaben prüfen, mit Wahrheitsseren Zungen lösen. Was hatte PACET beabsichtigt? Wozu die Aktion an der Raffinerie?
A'Mascer begab sich an Deck. Die CosmoSheep und die vier restlichen Mercuras waren längst im Inneren des Trägers verschwunden.
Er war allein. An Bord der KHEER kannte er niemanden außer Htontas. Ein kühler Wind wehte von Osten, und in der Luft hing der salzige Duft des Ozeans.
Die Stille hielt jedoch nicht lange an. Ein durchdringendes

Geräusch legte sich über das ansonsten stille Meer.
Zuerst konnte er nicht sehen, was es zu bedeuten hatte. Dann erschien über dem Horizont eine dunkle Wolke.
A'Mascer kniff die Augen zusammen. Mehr als ein Dutzend Flugobjekte, erkannte er. Das Brummen stammte von den Impulstriebwerken. Es mußte sich um freundlich gesinnte Einheiten handeln, ansonsten hätte die Zentrale Alarm gegeben.
A'Mascer blieb an Deck.
Die Szenerie an Bord des Trägers bevölkerte sich rasend schnell. Dutzende Luken wurden geöffnet, in den Türen postierten sich Besatzungsmitglieder.
Was am Horizont erschien, waren keine Kugelraumer, auch keine Space-Jets, sondern pirostanische Großtransporter vom Typ Sok B-2. Jedes dieser *Babys* war geformt wie ein primitiver Stahlkasten. Die Kantenlänge betrug von unten gesehen 40 mal 60 Meter. Sok-Transporter wurden von fünf Mann Besatzung geflogen und konnten 2000 Tonnen Nutzlast über einen halben Planeten tragen. Man verwendete sie vorwiegend auf Siedlerplaneten, wo nicht Ästhetik gefragt war, sondern Leistung.
Unter urwelthaftem Gebrüll näherten sich die Ungetüme der KHEER. A'Mascer zählte zwanzig Einheiten.
Jeder Sok B-2 trug einen Container von 30 Metern Länge. Die Container waren mit Traktorstrahlen und schweren Trossen gesichert.
»Beeindruckend, nicht wahr?«
Neben ihm stand plötzlich Htontas. A'Mascer hatte

keine Ahnung, wie sich der Anti so unbemerkt hatte anschleichen können.
»Stimmt!« brüllte er gegen den Höllenlärm. »Was sind das für Kisten?«
Der Anti grinste ebenso breit wie düster. »Das sind unsere Microstriker! Endlich kommen sie!«
A'Mascers Blick ruckte hoch zu den Kisten.
Fusionsreaktoren in zerlegtem Zustand. Sämtliche Waffensysteme, Zubehör für Wartung und Reparatur.
Eine Sok B-2 nach der anderen senkte sich auf die KHEER herab. Unter den Landefeldern wurden dunkle, großformatige Ladeklappen geöffnet. Die Container verschwanden im Inneren des Rumpfes, ohne daß jemand die Microstriker zu Gesicht bekam.
Als sich A'Mascer zu Htontas umdrehen wollte, war der Anti verschwunden – ebenso unbemerkt, wie er gekommen war. Er schien kein geselliger Kerl zu sein.
A'Mascer ließ keinen Blick von den Sok B-2. *Zwanzig Dinosaurier. Ich wußte nicht mal, daß so viele auf Thoben-6 existieren.*

Die Nacht verbrachte er bereits auf dem Träger. Man steckte ihn in eine enge Doppelkabine, die im Pilotentrakt lag, und versorgte ihn mit Seife, Rasierzeug, Sexgeräten und allem anderen.
Der Komfort in der KHEER hielt sich in Grenzen. An Bord eines Trägerschiffs wurde Platz als knappes Gut angesehen. Ungenutzte Kubikmeter wurden stets den Fluggeräten zugeordnet – und nicht den Leuten,

die sie fliegen sollten.

A'Mascer fühlte sich wie in einem Ausbildungslager. In den vergangenen Monaten hatte er stets Schwierigkeiten gehabt einzuschlafen. Aber nicht an diesem Abend; er lag nicht wach, blickte nicht stundenlang an die Decke, hatte keine schlechten Träume. Die Enge vermittelte ihm ein Gefühl von Geborgenheit.

Die KHEER bewegte sich sacht mit dem Wellengang des Ozeans. Er fühlte sich in Schlaf gewiegt. Seborian A'Mascer träumte vom Cockpit eines Jägers, von Flügen durch Asteroidenfelder und Risikomanövern in Sonnennähe.

Er hörte, wie mitten in der Nacht eine zweite Person die Kabine betrat. Im Halbschlaf glaubte er noch, es handle sich um Orchida Caryol. Doch er begriff rasch, daß es einfach nur sein Mitbewohner war.

Am nächsten Morgen weckte ihn ein Signalton. A'Mascer war sofort wach. In der Doppelkabine gab es keine Waschgelegenheit. Sein Nachbar, der ihn hätte führen können, brummte nur und drehte sich im Bett. Es schien sich um einen Terra-Abkömmling zu handeln. A'Mascer nahm an, daß hinter dem Mann ein Nachteinsatz lag. Es war besser, ihn nicht zu wecken.

Lautlos verließ er die Kabine. Über den Korridor huschten halbbekleidete Gestalten zu einem Waschraum. A'Mascer folgte ihnen. Er suchte sich eine freie Naßzelle, anschließend zum Rasieren ein freies Becken. Ein jungenhafter, muskulöser Typ besetzte die Zelle neben ihm.

»A'Mascer?« fragte der andere. Sein Akzent klang

alkanisch. »Bist du Seborian A'Mascer?«
»Stimmt. Mit wem habe ich das Vergnügen?«
Der Hüne lachte. Er hatte ein Gesicht, das den ganzen Tag von einem Grinsen bedeckt sein mußte. Es diente als eine Maske für den forschenden Blick, der dem Neuen an Bord der KHEER galt.
»Mein Name ist Kim Dunkersson. Leutnant Dunkersson, um genau zu sein. Ich wohne eine Kabine links neben deiner. Du kannst mich gerne Kim nennen.«
»Freut mich. Ein Vorgesetzter also.«
»Das ist nicht gesagt. Soweit ich weiß, hat Laurents dir noch keinen Außenwelt-Piloten-Rang zugeteilt.«
Dunkersson putzte seine Zähne, mit einer altertümlichen Bürste, unter beachtlicher Geräuschentwicklung. Dabei brachte er das Kunststück fertig, in den Atempausen vergnügt zu pfeifen. Der Hüne schien alles andere als ein Morgenmuffel zu sein.
A'Mascer beeilte sich. Gemeinsam mit Dunkersson, der plötzlich vor seiner Kabine stand, begab er sich in den Frühstücksraum. Die meisten Leute trugen schwarze Overalls. Einige benutzten die grüne Kleidung der Trägerschiff-Besatzung. Nebenbei konnte man die verschiedensten Uniformen sehen. Wichtig waren nur die Rangabzeichen, der Rest schien Privatsache zu sein.
A'Mascer landete mit Dunkersson an einem Tisch voller Prominenz. Ein halbes Dutzend Leutnants, erkannte er.
»Alles mal herhören!« sprach Dunkersson laut. »Hier ist Seborian A'Mascer. Ihr habt gestern die Geschichte mit der Raffinerie und dem Zug gehört? Das hier ist der Bursche.«

Ein freundliches Hallo antwortete ihm. Er war sicher, daß er mit den Leuten gut auskommen würde.
Dunkersson deutete auf den perfekt gekleideten, zurückhaltenden jungen Mann neben ihm. »Du willst bestimmt die anderen kennenlernen, stimmt's?
Als ersten hätten wir da König Cetero. Er kommt vom Planeten Quynglor, hat aber terranische Eltern. Cetero erhielt mit 29 Jahren den ›Ehrenkönig von Kamal sieben‹ verliehen. Für eine Rettungsmission übrigens, als er mit einer praktisch fluguntüchtigen Space-Jet ein Dutzend Frauen und Kinder aus einem brennenden Frachtraumer geborgen hat.«
Seborian A'Mascer machte große Augen. Mit was für Leuten er am Tisch saß, wurde ihm erst allmählich bewußt.
Er stand kurz auf und lächelte. »Cetero Cevlington, nehme ich an? Ich habe von dieser Sache gehört. Freut mich, Sie kennenzulernen.«
Der Quynglorer lächelte mit einem Beigeschmack von Arroganz, den er nicht ganz verbergen konnte. »Sag einfach Cetero, bitte. Wir Piloten pflegen uns zu duzen, solange wir in der KHEER sind, nicht wahr? Förmlich wird es erst im Einsatz, wenn ich das bemerken darf. Dann heißt es natürlich ›Leutnant Cevlington‹.«
Alles am Tisch lachte über den gestelzten, blasierten Tonfall. König Cetero zog indigniert die Augenbrauen hoch, wehrte sich aber nicht.
»Weiter haben wir hier Dean Noah Farree, unseren Staupaner ...« Dunkersson deutete auf einen kleinen, dunkelhaarigen Mann mit Krauskopf und kohlschwarzen

Augen. »Ein wagemutiger Kerl, wenn er sich im All befindet.«
»Was soll das heißen? Nur im All?« Der Mann namens Farree schien wütend zu werden. »Und ebenso wagemutig in den Armen einer schönen Frau!«
»Reg dich ab, Dean! Wenn man von deiner Körpergröße absieht, bist du natürlich ein ganzer Kerl.«
Bevor Dean Noah Farree wirklich zornig wurde, aufspringen und sich auf Dunkersson stürzen konnte, legte ein Bär von Mann ihm den Arm auf die Schultern. Er strahlte so viel Ruhe aus, daß sämtliche Aggressivität sofort verflog. Sein weißes Haar und die roten Augen deuteten auf arkonidische Herkunft hin.
»Topan Kirjandor, mein Name.« Er drückte Farree auf den Stuhl zurück, erhob sich selbst und schüttelte A'Mascer die Hand. »Freut mich, dich kennenzulernen. Ich bin einer der Pirostaner im Pilotenteam. Unser Freund Kimmy hier ist ein Kindskopf. Er benötigt ab und zu einen Dämpfer. Und Dean Noah ist nur allzuoft bereit, ihm diesen Dämpfer auch zu geben.«
Der Riese seufzte. Er sprach einen gräßlichen Akzent, machte jedoch den Eindruck eines tausendprozentig verläßlichen Mannes.
A'Mascer fiel plötzlich seine gerötete Nase ins Auge. Die Erklärung folgte auf dem Fuß – als Kirjandor ein vorsintflutliches Papiertaschentuch herauszog, sich kräftig schneuzte und das geballte Knäuel wegwarf.
»He, da kommt endlich das Frühstück!«
Jeder Tisch wurde ihm Eilverfahren von einem anderen Robot-Steward bedient; nur an ihren schwebte ein

schmieriges kleines Ding, das von allen *Smutje* gerufen wurde. A'Mascer wunderte sich, daß die Leutnants am Tisch sich ausgerechnet den klappernden Schrotthaufen ausgesucht hatten.

Topan Kirjandor war als erster dran.

»Vurguzz wie immer, Leutnant?« fragte der Robot

Der Riese seufzte tief. »Höre nicht hin, Seborian. Ich bin zwar Pirostaner, das stimmt, und die Pirostaner gelten alle als Säufer. Aber ich trinke *niemals* Vurguzz.« Ein mißtrauischer Seitenblick traf seine Kameraden. »Ich habe den Verdacht, sie haben den Smutje umprogrammiert. Ständig bietet er mir Vurguzz an. Man kann zwar nicht genau sagen, ob in dem Schädel eine Positronik oder ein Taschenrechner steckt – aber die Sache mit dem Vurguzz hat er behalten.«

»Niemals Vurguzz, Topan?« rief jemand. »Und wo kommt dann die rote Säufernase her?«

»Säufernase?« Der Pirostaner sah aus, als wolle er sich auf den Zwischenrufer stürzen. Dann aber wurde er vollständig ruhig, lächelte und erklärte: »Liegt alles nur am ferronischen Schnupfen. Praktisch unheilbar und wirklich lästig. Das einzige, was mein Leiden lindert, ist der gute grüne Tee von Pirosta. Schnupfen kann einen Mann töten. Eine lästige chronische Geschichte, die ich einfach nicht los werde. Leider.«

Topan Kirjandor ließ sich heißen grünen Tee einschenken, ohne diesen vorerst zu beachten. Er schniefte demonstrativ und machte sich über die Frühstückstafel her.

König Cetero auf der anderen Seite nippte an einer Tasse

Kaffee. Der Quynglorer kritisierte Temperatur, Geschmack und Aroma, trank aber mit leicht angewidertem Gesicht und in kleinen Schlucken. Von Brot und Aufstrich nahm er wenig. Man konnte merken, daß er sehnlichst eine quynglische Mahlzeit herbeiwünschte.
A'Mascer lächelte innerlich. Die Verpflegung terranischer Schlachtschiffe, die er aus Andromeda kannte, war legendär schlecht. An Bord der KHEER gab es keinen Grund zur Kritik.
Dean Noah Farree schien derselben Ansicht zu sein. Der Staupaner schlang wie ein Verhungernder; übertroffen nur noch von Kim Dunkersson. Der alkanische Hüne fraß regelrecht; allerdings nicht das, was alle anderen am Tisch erhielten, sondern eine Art Sonderration, die ihm der Smutje mit schmierigen Greifwerkzeugen zuteilte. Sie bestand aus einem blubbernden Getränk und einer Masse, die nach Fruchtkuchen aussah.
»Mmmngut«, nuschelte er mit vollem Mund. »Ich bezahl' die Küche teuer, damit ich was Gutes kriege. Aber dafür ist's wie zu Hause. Wie auf Alkan. Da herrscht Kultur.«
Sir Cetero rümpfte die Nase, Dean Noah lachte – und A'Mascer beschloß, sich um seinen eigenen Magen zu kümmern. Seit zwanzig Stunden hatte er nichts gegessen. Er kaute bedächtig und ließ sich Zeit.
Nachdem er den letzten Bissen vertilgt hatte, gellte ein Signal durch den Jägerträger.
Alle sprangen auf: auch der Pirostaner Kirjandor. Der Riese nahm seine Tasse, die er die ganze Zeit nicht angerührt hatte, und stürzte den lauwarmen Tee in einem

Zug hinunter. Seine Augen wurden groß. Das weiße Gesicht lief dunkelrot an. Über seine Wangen lief eine Träne. Während die anderen in haltloses Gelächter ausbrachen, sogar der zurückhaltende Sir Cetero, fragte A'Mascer: »Vurguzz, Topan?«
Der Pirostaner nickte erschüttert. »Vurguzz. Gemixt mit reinem Alkohol. Mindestens 80 Prozent.«

Eine halbe Stunde später stand A'Mascer im Inneren des Trägers. Kommandeur Laurents öffnete. »Seborian ... Treten Sie ein. Ich habe Sie aus bestimmten Gründen hergebeten. Sie sind der letzte.«
In der Kabine saßen Marmoud Htontas und der Blues-Leutnant von gestern. Gyüm Hyriets Stummelbeine baumelten von der Sitzfläche eines zu hohen Stuhls herab. Beide schauten finster. Der Anti deswegen, weil er wohl nicht anders konnte, und der Blue vermutlich unter dem Eindruck der gestrigen Ereignisse. A'Mascer hielt es jedoch für denkbar, daß er den Gesichtsausdruck des Wesens falsch interpretierte.
»Meine Herren ...« Laurents setzte sich an den Schreibtisch. Er bot ihnen heißen Tee aus seinem Porzellangeschirr an.
Als niemand das Angebot annahm, füllte er seine eigene Tasse, trank ein paar Schlucke und fuhr fort: »Ich habe Sie herbestellt, um über den Einsatz an der Raffinerie zu sprechen. Um es vorwegzunehmen, das Ergebnis stellt zufrieden. Uns sind mehrere PACET-Führungsoffiziere in die Hände gefallen. Zunächst

wollen wir aber über den Einsatz selbst reden. Leutnant Gyüm Hyriet, bitte.«

Der Blue spielte mit dem Verschluß seines Außenwelt-Piloten-Overalls. »Vielen Dank, Kommandeur. Ich war als Befehlshaber der Mission eingeteilt. Die Einnahme der Raffinerie verlief korrekt. Dann jedoch, als die PACET-Agenten ausbrachen, widersetzte sich Pilot Seborian A'Mascer meinem Befehl. Er nahm auf eigene Faust die Verfolgung einer Korpuskular-Lokomotive auf.«

»Ist das richtig, A'Mascer?«

»Ja, Kommandeur.«

»Wir haben es also mit einer Insubordination zu tun.«

»Das ist nur teilweise richtig. Zum Zeitpunkt der Mission war ich Leutnant Gyüm Hyriet in keinem militärischen Sinne unterstellt, da ich keinen Außenwelt-Piloten-Rang bekleide. Mir ist jedoch bewußt, daß ich durch meine Teilnahme die Überordnung des Leutnants hätte akzeptieren müssen.«

»So ist es!« fügte Gyüm Hyriet triumphierend hinzu.

Kommandeur Laurents erhob sich. Er nahm eine unruhige Wanderung durch den kleinen Raum auf, mit hinter dem Rücken verschränkten Armen.

»Htontas? Was sagen Sie?«

Bevor der Anti sprechen konnte, warf Gyüm Hyriet ein: »Einen Augenblick! Seit wann werden einfache Bordschützen zu Vorgängen dieser Tragweite befragt?«

Laurents fuhr herum. »Sie vergessen sich, Leutnant«, sprach er gefährlich sanft. »Die Außenwelt-Piloten sind kein Militär im eigentlichen Sinn. Kadavergehorsam ist nicht gefragt. Ich schätze durchaus Personen, die Eigeninitiative entwickeln. Also! Htontas?«

»Meines Erachtens hat der Pilot Seborian A'Mascer der Situation entsprechend angemessen gehandelt. Sein Plan war von Wagemut und schnellem Überblick gekennzeichnet. Er hat die taktische Lage korrekt eingeschätzt.«

Gyüm Hyriet reckte ärgerlich den Hals, bis sein Tellerschädel zu pendeln begann.

»Kommandeur! Ich protestiere aufs Schärfste! Ein Schütze ist nicht ausgebildet, diese Dinge zu beurteilen!«

»Setzen Sie sich, Leutnant.« *Schon wieder dieser ruhige Ton. Gefährlich.* »Zu Ihrer Information: Marmoud Htontas ist alles andere als ein normaler Schütze. Es handelt sich in Wahrheit um Leutnant Htontas. Er war eigens als A'Mascers Schütze eingeteilt, um mir eine verläßliche Analyse über dessen Verhalten zu liefern.«

Gyüm Hyriet schwieg schockiert. Sein schlauchförmiger Hals hörte zu pendeln auf. Statt dessen sank der Tellerkopf immer tiefer herab.

Seborian A'Mascer warf zunächst Htontas, dann dem Kommandeur ungläubige Blicke zu. Man hatte ihn hereingelegt. *Niemals in Sicherheit wiegen, wenn dein Gegenüber Caneron Laurents heißt.*

Der Kommandeur faßte sichtbar einen Entschluß. Ein Ruck lief durch seinen Körper. Er setzte sich wieder, wurde völlig ruhig und schaute seine Piloten an:

»Leutnant Gyüm Hyriet, ich habe entschieden, daß Sie keine weitere Verwendung bei den Außenwelt-Piloten finden. Sie werden freigestellt und aufgefordert, sich bei Ihrem Kommandeur der Vereinigten Whaanischen Streitkräfte zurückzumelden.«

Der Blue sprang von seinem hohen Stuhl, bebend vor Zorn.

»Kommandeur! Sie werden ...«

»*Was* werde ich?«

Gyüm Hyriet schluckte. »Nichts, Sir.« Er fuhr herum und verließ den Raum. Ein zirpender Wutschrei drang von draußen herein, dann war Ruhe.

»Meine Herren ...« Laurents lächelte. »Nachdem das geregelt ist, wenden wir uns den dringenden Dingen zu. A'Mascer, Sie werden hiermit offiziell in die Staffeln der Außenwelt-Piloten aufgenommen. Sie steigen als einfacher Pilot ein. Als solcher durchlaufen Sie eine weitere Bewährungsphase.«

»Jawohl, Kommandeur.«

»Nun hören Sie zu, was bei der Raffinerie-Mission herausgekommen ist. Uns sind 36 PACET-Leute in die Hände gefallen. Gut, daß keine dieser Personen zu Schaden kam. Wären Sie nicht gewesen, A'Mascer, es hätte ein Blutbad gegeben. Solche Dinge machen sich in der Öffentlichkeit schlecht. So aber konnten wir die Leute verhören. Es erwies sich als notwendig, in den meisten Fällen mit Wahrheitsdrogen zu arbeiten. Einige der Kerle fürchten sich selbst in Gefangenschaft mehr vor PACET als vor uns.

Unter den 36 Personen befand sich ein Mann namens Oriviere Redate. Der Name wird Ihnen nichts sagen. Dem Außenwelt-Piloten-Oberkommando ist jedoch

bekannt, daß Redate zu den Toppiloten zählt, die für PACET arbeiten. Der Mann hat mehr Opfer auf dem Gewissen, als man sich vorstellen kann. Geben Sie ihm Vernichtungsmittel in die Hand, und Redate wird eine Stadt in Schutt und Asche legen. Er hat dies übrigens schon einmal getan: der alkanische Siedlerort Chesem, mehr als 15.000 Einwohner. Überlebt hat keiner.
PACET vermutete in Chesem einen Spezialagenten der Alkanischen Abwehr.«
»Was war mit dem Agenten?«
Laurents schüttelte den Kopf. »Eine falsche Spur. Es gab keinen Agenten. Aber davon will ich nicht reden. Wenn PACET Redate schickt, dann steckt eine Menge dahinter. Redate sollte gefährliche Güter abholen. Wäre die K-Lok bis zur Stadt durchgekommen, hätten wir nichts mehr tun können. Eine Transmitterverbindung stand zur schnellen Flucht bereit.«
»Was für ›Güter‹ meinen Sie, Sir?«
»Sieben Radiant III-Raketen. Neueste Reihe, Baujahr 2412, mit Chipsatz-Systemen der Solaren Flotte. Ganz Borghenhall besitzt nicht mehr als dreihundert Exemplare. Ich habe keine Erklärung, wie die Radiants in die Hände von PACET gelangten. Typisch für die Organisation ... Wo es technische Geheimnisse zu stehlen gibt, PACET hat sie. Früher einmal gab es einen Technologie-Vorsprung der Sicherheitskräfte. Das ist heute nicht mehr der Fall, ganz im Gegenteil.«
»Ich bin mit Radiants vom III-Typ nicht vertraut«, bekundete A'Mascer. »Wozu dienen sie?«
»Eigens für taktische Ziele. Keine Fusionssprengköpfe

im Gigatonnenbereich, dafür starke konventionelle Sprengkraft. Die Missiles werden von Space-Jets aus gestartet, notfalls von Lastengleitern. Zielgenauigkeit ist state-of-the-art. Sollte PACET den Entschluß fassen, den Regierungssitz von Thoben-6, das Blaue Haus des D.P.B. oder den Palast von Whaan auszuradieren – mit dem III-Typ ist es möglich. Man muß die Missiles nur nahe genug ans Ziel bringen, damit den Verteidigern keine Zeit mehr bleibt, Schirme aufzubauen.«

Htontas fragte: »Warum haben sie's bisher nicht getan, wenn es so leicht ist?«

»Es gibt nur eine Möglichkeit. PACET will den Regierungssitz von Thoben-6 nicht zerstören, auch nicht das Blaue Haus oder den whaanischen Palast.

Bloße Zerstörung bringt ihnen nicht den gewünschten Vorteil ein. Sie wollen *mehr*.«

»Was könnte das sein, Sir?« wollte A'Mascer wissen.

»Ich habe keine Ahnung.«

Laurents stellte geräuschvoll seine Tasse ab. »Die Außenwelt-Piloten wurden eigens gegründet, um ein bewegliches, schlagkräftiges Gegengewicht zu PACET zu schaffen. Den Geheimdiensten ist zudem bekannt, daß PACET danach strebt, zu einer echten politischen Macht in Borghenhall aufzusteigen.

In diesem Zusammenhang eine weitere Information: Ich habe unsere Verbindungen zu allen Borghenhall-Regierungen spielen lassen. Daraufhin wurde eine unabhängige Inventur sämtlicher Radiant-Bestände durchgeführt. Nur Raketen, die tatsächlich an ihren Standorten *vorgefunden* wurden, wurden gezählt. Dabei stellte sich heraus, daß nicht nur die besagten sieben Raketen fehlen. Weitere 33 Exemplare waren durch Dummys ersetzt. Die echten Flugkörper sind spurlos verschwunden.«

»Das könnte bedeuten, daß PACET alle vierzig in seine Hand gebracht hat.«

»Richtig, A'Mascer. Rechnen wir also mit einem Großangriff, auf welches Ziel auch immer. Sieben Radiants haben wir zurückgeholt. Ich halte es jedoch für sicher, daß die verbleibenden 33 Raketen immer noch ausreichen. Damit könnte man sämtliche Regierungssitze in Borghenhall mit einem einzigen Schlag vernichten. Natürlich ist es machbar, daß wir alle diese Orte mit HÜ-Schirmen sichern. Aber dann sucht sich PACET andere Ziele. Wenn sie wollen, können sie die Radiants sogar mit atomaren Primitiv-Sprengkörpern bestücken. Dann haben wir überall radioaktive Verseuchung. Ich muß Ihnen nicht erklären, welche Schwierigkeiten das bedeutet.«

A'Mascer saß steif in seinem Sessel. Er war ein guter Pilot, niemand würde das bestreiten. Aber urplötzlich hatte er das Gefühl, sich in einem Ränkespiel von stellarem Ausmaß wiederzufinden.

»Ich nehme an, Kommandeur, daß Sie Oriviere Redate penibelst haben befragen lassen. Was hat er gesagt? Für wen waren die Missiles gedacht?«

»Er wußte es selbst nicht. Nur soviel: Bestimmungsort war der Fischereihafen von Sleit Kerüm, eine Art lokale Sehenswürdigkeit am Südkontinent von Whaan. Als Zeitpunkt X der Übergabe ist der 20. September vorgesehen, in zweieinhalb Wochen. Redate war angewiesen, bis dahin mit seiner Fracht unterzutauchen und sich nirgendwo sehen zu lassen.«

A'Mascer erkundigte sich: »Heißt das, Kommandeur, daß PACET diesen Oliviere Redate bis dahin nicht vermissen wird?«

»Hoffentlich.«

»Sie *wissen* nicht, daß wir ihn hochgenommen haben? Schwer zu glauben!«

»Organisationen wie PACET leben davon, daß der einzelne möglichst wenig im Bilde ist – und möglichst wenig verraten kann. Redate sollte lediglich einen Transport durchführen. Ich halte es für denkbar, daß wir Glück haben.«

»In meinen Augen wäre das ...«

Eine energische Geste des Kommandeurs ließ ihn verstummen.

»Wie auch immer, A'Mascer, die Entscheidung ist gefallen. Ich habe bereits Befehl gegeben, den Träger KHEER morgen in Marsch zu setzen. Wir verlassen Thoben-6 und fliegen Whaan an. – Meine Herren, ich danke Ihnen. Ich benötige Sie nicht mehr. A'Mascer, Sie bleiben an Bord. Lassen Sie Ihre persönlichen Dinge nach Sleit Kerüm nachschicken.«

Was ihm an Einwänden noch auf der Zunge lag, schob er beiseite.

»In Ordnung, Kommandeur.«

Seborian A'Mascer machte sich auf den Weg zum Pilotenquartier. Er hockte sich an den kleinen Tisch, der in seiner Unterkunft stand, und schrieb einen Brief an

Orchida Caryol. Die einzige Frau, für die er je so etwas wie Liebe empfunden hatte ... Daß er nicht sein konnte, was sie sich wünschte, war für alle Zeiten klar. Und doch wollte er sie nicht verlieren. Die Lage war ausweglos. Er dachte noch daran, als er sich längst schlafen gelegt hatte.
Brummende, teils metallisch klingende Geräusche begleiteten seinen Traum: Tief im Rumpf des Trägers wurden die Striker für ihren ersten Einsatz präpariert.

3

Der Weg nach Whaan führte über 14 Lichtjahre. Laurents ließ die Strecke jedoch mit sehr geringer Geschwindigkeit zurücklegen. Meist bewegte sich die KHEER nicht im Linear-, sondern im Normalraum.
Zwanzig Tage waren zu überbrücken. Daß die Zeit nicht langweilig wurde, lag am Trainingsprogramm. Die Außenwelt-Piloten spielten sich in endlosen Raum-Manövern aufeinander ein. Oft waren mehr als dreißig Jäger zugleich im Einsatz. Im freien All simulierten sie Luftkämpfe und Bergungsaktionen – speziell in sonnennahen Sektoren wurden Instrumentenflüge geübt.
Diese Art Schulung war bei den Piloten unbeliebt. Seborian A'Mascer kannte all das jedoch aus Andromeda.

Der eine oder andere Notruf kreuzte ihren Weg. Ein havarierter Handelsraumer der Springer war instand zu setzen; die Ausläufer eines Hypersturms hatten eine Forschungsstation getroffen und beschädigt, jedoch mit glücklichem Ausgang für die Crew; die Außenwelt-Piloten flogen eine verdeckte Polizeiaktion auf einem kleineren Borghenhall-Planeten.

Nur die Microstriker waren nicht einsatzbereit.

Laurents kündigte bereits offen an, daß die Mission in Sleit Kerüm noch ohne Hilfe ihrer Spezialwaffe über die Bühne gehen mußte.

Am 19. November erreichten sie das Whaan-System.

Die Anwesenheit einer nichtwhaanischen Militäreinheit wurde von den Blues nicht gern gesehen. Hinzu kam die Tatsache, daß ausgerechnet Sleit Kerüm ihr Ziel darstellte. Neunzig Prozent von Whaan waren durch Gataser-Blues besiedelt; das restliche Zehntel jedoch hatte damals, vor der Vereinigung, dem Volk der Latoser gehört. Gataser- und Latoser-Blues hatten in der Eastside endlose Kriege geführt. Auch Whaan – obwohl von der Eastside weit entfernt – wäre beinahe in den Strudel geraten. Bis man sich auf die allgemeine Philosophie von Borghenhall besann; *Verständigung* hieß das Gebot. Sleit Kerüm und einige andere Latoser-Enklaven wurden in die Kultur des Planeten integriert. Die ehemaligen Gataser empfanden allerdings bis heute einen gewissen Neid. Sleit Kerüm verfügte über größeren Reichtum, über eine bessere technische Ausstattung als das Hinterland. So gesehen stellte die Enklave kein glückliches Ziel dar.

Automatisch keimten Verdachtsmomente auf, was die KHEER ausgerechnet *dort* zu suchen hatte.
Die Befugnisse der Außenwelt-Piloten wurden aus dem whaanischen Palast bestätigt.
Kommandeur Laurents befahl, die Ankunft der KHEER absolut zu ignorieren. Es kam darauf an, daß nicht der Schimmer einer Nachricht an die Medien gelangte. PACET sollte nicht im Vorfeld schon Hinweise sammeln. Wenn die ersten Außenwelt-Piloten-Jäger auf der Bildfläche erschienen, war es früh genug.
In einen Anti-Ortungsschirm gehüllt, ging das Trägerschiff auf dem Planeten nieder. Die Tastergeräte von Whaan konnten natürlich nicht getäuscht werden. Laurents setzte jedoch voraus, daß ihre Gegner keine permanente Systemüberwachung betrieben. Warum auch? PACET verteidigte Whaan nicht, sondern stellte nicht mehr als eine Art Schädling dar.
Sleit Kerüm befand sich am Rand des Südkontinents. Das Trägerschiff wurde hundert Kilometer seewärts auf Wasser gesetzt. Sie bewegten es in der Art eines Ozeanriesen näher ans Zielgebiet.
Laurents ging die Sache behutsam an. Er dachte nicht im Traum daran, sich in trügerische Sicherheit zu wiegen. Orter und Funkgeräte der KHEER waren mit dreifachen Posten besetzt, jedes vorbeifahrende Schiff wurde unter die Lupe genommen.
Vom Nordkontinent her traf ein Versorgungsraumer ein, eine zivile Einheit. Das walzenförmige Schiff ging über der KHEER in Stellung und entlud Ausrüstungsgegenstände.

Seborian A'Mascer empfing ein großes Raumfrachtpaket von Orchida Caryol, allerdings ohne beiliegenden Brief. Er ahnte, daß er sie nicht wiedersehen würde.
Ich vermisse dich. Aber das ist der Preis.
Weiterhin – und das war das eigentlich Wichtige – befand sich ein Experte des whaanischen Geheimdienstes an Bord. Der kleine Blue namens Phi Garanüi hatte die Aufgabe, sämtliche Außenwelt-Piloten mit dem Fischerei-Hafen von Sleit Kerüm vertraut zu machen.
Fünfzig Piloten trafen sich im Kartenraum des Trägers. Kommandeur Laurents gesellte sich hinzu, außerdem Experten für Ortung und drei Geheimdienstleute.
»Sleit Kerüm ...«, begann Phi Garanüi mit whaanischem, schwer erträglichem Akzent. Seine Stimme war ein Pfeifen nahe am Ultraschallbereich, und seine Grammatik klang, als habe er Interkosmo gerade erst gelernt. »Eine lange Geschichte, das. Ich will jedoch nur Teil erzählen, der für Ihre Mission morgig von Belang ist, meine Herren. Mit Sleit Kerüm wir bezeichnen heute vor allem den Gebiet der großen Sleit-Kerüm-Insel. Überall wir finden im ganzen Gebiet Städte, Trabantensiedlungen. Auch Elendsquartiere. Seit whaanisches Hinterland verstärkt genutzt werden kann, weil Latos geeinigt Gatas-Siedler, sind noch mehr Blues geworden.«
Phi Garanüi ließ sich nicht anmerken, ob der Gedanke an Elend oder Übervölkerung ihn kümmerte oder nicht. Blues hatten zu diesen Dingen eine gleichgültige Einstellung. Sie gehörten zu den eierlegenden Rassen,

und das Individuum galt ihnen sehr viel weniger, als dies bei den meisten humanoiden Völkern der Fall war.
»Der eigentliche Hafen von Fischerei«, fuhr Phi Garanüi fort, »liegt im Süden die Insel. Fischerei vor langer Zeit ein Erholungssport für Reiche. Für Millionäre mit Geld. Später wohnten in schwimmenden Häusern Leute ohne Geld und Haus. Boote aber liegen bis heute da. Viele heute noch aus Holz, kaputt, wurmbefallen. Sind tausend Boote mit zehntausend Einwohnern. Für Außenstehende scheint Hafen ein Irrgarten. Das gesamte Gebiet ist Einflußzone von Syndikat Mrimoon – das Geschäfte bis Thoben-6 und Dreiplanetenbund ausgeweitet hat. Mrimoon hochwahrscheinlich gehört zu PACET.«
Phi Garanüi mußte öfter Pausen einlegen, in denen er nach Worten suchte.
Im großen und ganzen klangen seine Erklärungen verständlich. Auch wenn die eine oder andere Formulierung strengen grammatikalischen Maßstäben nicht standhielt.
»Ahhh ... Mmmh ... Zeitlang Hafen von Fischerei galt als Touristenattraktion. Aber die Türme von Sleit Kerüm sind so nahe drangerückt, daß die ganze malerische Kulisse verdorben. Hafen, stinkender Slum. Kein fließende Wasser, keine ... wie sagt? – Desintegrator-Klo! Das Hafenwasser so schmutzig, daß sich seit Jahrzehnten niemand mehr darin gebadet.«
Phi Garanüi redete eine geschlagene Stunde. Am Ende war Seborian A'Mascer sicher, daß er sich im Hafen besser auskannte als die meisten Bewohner.

Der eigentliche Einsatz begann in der Nacht. Laurents setzte vom Träger KHEER fünfzehn spezielle Jäger in Marsch, drei Staffeln à fünf Maschinen. Es handelte sich um kleine, extrem wendige Einheiten vom Typ RaqZar-22, die nicht für den Einsatz im freien Raum, sondern für Oberflächenkämpfe konzipiert waren.
RaqZar-22-Jäger erreichten 80 Prozent Lichtgeschwindigkeit, besaßen jedoch gering dimensionierte Triebwerke. Ihre Bewaffnung bestand aus nicht sehr leistungsstarken, für den Atmosphäreneinsatz optimierten Bordkanonen.
Um exakt 2.10 Uhr Ortszeit verteilte sich die Staffel, zu der A'Mascers RaqZar-4 gehörte, im Westen des Hafens, zwischen Wohnsilos und Geschäftsgebäuden. Wichtig war nur, daß sie binnen einer Minute am Wasser sein konnten.
Die Standplätze der RaqZars waren präpariert. Laurents hatte im Vorfeld perfekte Arbeit geleistet. Mit Hilfe der whaanischen Armee waren Unterstände entstanden, die von außen unverdächtig wirkten. Die Reaktoren wurden heruntergefahren. Ortung und Funk wurden aus Kernzerfallsbatterien gespeist. Gegen zufällige Entdeckung waren die RaqZars geschützt. Ihre geringe Größe stellte ein weiteres Sicherheitsmoment dar.
Im Umkreis des Hafens verteilten sich schnelle Antigrav-Kufenboote. Sie lagen auf Abruf bereit, durften aber zunächst nicht eingreifen; man hätte die PACET-Leute nur abgeschreckt.
Seborian A'Mascer gehörte zur Fünfer-Staffel von Kim Dunkersson. Dean Noah Farree und Marmoud Htontas

befehligten die beiden anderen RaqZar-Staffeln.

»Leutnant Dunkersson spricht«, vernahm er eine leise Stimme. »Wir warten zunächst die Morgendämmerung ab. Keine Extratouren, wenn ich bitten darf. Mit feindlicher Ortung ist jederzeit zu rechnen.«

Und so was sagt ein junger Heißsporn.

A'Mascers Blicke wanderten über die Lichter der Stadt, die vom Dach des Wohnturms gut zu erkennen waren. Obwohl Sleit Kerüm den Blues gehörte, ähnelte das Bild in der Dunkelheit einer beliebigen terranischen Großstadt.

Keiner der Piloten verließ seine Maschine. Laurents hatte permanente Einsatzbereitschaft angeordnet. Sie saßen stundenlang am selben Platz.

»Möchte wissen, wie lange das noch dauert«, murrte eine Stimme von vorn.

Er antwortete lakonisch: »Notfalls, bis uns hier der Strom ausgeht.«

Bei der Tandemsitzordnung hockte A'Mascer hinten, auf dem Pilotensitz, während sein Bordschütze vor ihm Platz genommen hatte.

In diesem Fall war es ein vierschrötiger Kerl namens Patrik Keanogh, angeblich Terraner irischer Herkunft. A'Mascer hielt es allerdings für wahrscheinlich, daß durch Keanoghs Adern das Blut vieler Kolonien floß. Keanogh schien ein guter Mann zu sein. Blieb nur zu hoffen, daß A'Mascer möglichst häufig mit ihm fliegen konnte. Blindes Verständnis war eine Sache, der zahlreiche Raumpiloten ihr Leben verdankten.

Er und Keanogh versanken in Schweigen.

Der jeweils nicht beschäftigte Mann döste, um für den Tag Kräfte zu sparen. Die Warngeräte liefen unablässig. Nichts deutete darauf hin, daß jemand mit Hypertastern die Umgebung scannte. In absoluter Stille lag der Hafen vor ihnen, im Dunkel einer Nacht, die auf dem Planeten Whaan zwanzig Stunden dauerte.

Gegen Morgen schlugen die Warngeräte das erste Mal an. A'Mascer schreckte aus dem Schlummer hoch. Er war sofort klar.

Die aufgehende Sonne tauchte Sleit Kerüm in ein geheimnisvolles Licht. Grüne, seltsam geformte Kumuluswolken türmten sich. Vorausgesetzt, die Ökologie funktionierte ähnlich wie auf der Erde oder auf Thoben-6, stand ihnen ein Gewitter bevor.

»Das müssen sie sein.«

A'Mascer sah, was Keanogh meinte. Von offener See her lief ein dreißig Meter langes Schiff in den Hafen, das vollständig aus weißem Kunststoff bestand. Der Rumpf war groß genug, um einige Radiant Missiles in sich aufzunehmen.

»Bingo! Wetten, das ist es?«

»Wetten Sie nicht zu früh, Pat.«

Wieder erklang der Ton des Warngeräts. Die Jägerstaffeln der KHEER waren jedoch zu gut versteckt, als daß man sie auf diese Weise hätte enttarnen können.

»Das einzige Boot, das in der letzten Stunde gekommen ist, Keanogh?«

»Ja. Ich spür's ganz sicher, wir haben sie!«

»Es kann nicht so einfach sein. Wir werden Schwierigkeiten kriegen.«

Das Schiff trieb mit geringer Fahrt in den Hafen von Sleit Kerüm. Ein festes Ziel schien es nicht zu besitzen. Ungefähr jetzt, so überlegte A'Mascer, hätte sich vermutlich Oriviere Redate gemeldet – wäre er denn zur Stelle gewesen. Aber der PACET-Pilot war aus dem Verkehr gezogen.
Der Rumpf des Schiffes lag tief im Wasser. An Deck erkannte A'Mascer mehrere Stapel mit Ladung, von grünen Planen bedeckt. Es schien sich um eine Art Frachter zu handeln, wie sie an den whaanischen Küsten hin und wieder noch benutzt wurden. *Was für ein Anachronismus! Das Jahr 2420 im Sektor Borghenhall – und Blues befahren den Ozean mit schwimmenden Booten.*
Blues-Kolonisten wurden von ihren Heimatwelten grundsätzlich nur mit dem Nötigsten ausgerüstet. Das große Plus der Tellerköpfe lag in ihrer Vermehrungsrate, nicht im hohen technischen Standard.
Whaan verfügte mittlerweile über ein gutes technisches Niveau, auch weil es der verschworenen Borghenhall-Gemeinschaft schließlich beigetreten war. Bis die Provisorien der Frühzeit jedoch überall ersetzt waren, würde es noch hundert Jahre dauern. Auf Thoben-6 war es im Grunde ähnlich, selbst im Dreiplanetenbund.
Ein Hagel von Tasterimpulsen bestrich die Gegend.
Aus dem Funkempfänger erklang eine Stimme: »Dunkersson an RaqZar-2 bis -5! Startmanöver! Kaufen wir uns die Freunde! Bevor sie zwischen den Wohnbooten untertauchen!«
A'Mascer jagte den Reaktorblock hoch, der sich kurz hinter seinem Pilotensitz befand. Eine Sekunde lang

bildete er sich ein, daß er die Hitze im Rücken spürte. Der Antigrav machte die Maschine schwerelos. Mit einem dosierten, kurzen Schub glitt der RaqZar aus dem Unterstand ins Freie.
A'Mascer legte einige Meter zwischen sich und das Gebäudedach, dann ließ er den Jäger nach oben schießen, mit aufheulendem Impulstriebwerk, und raste mit den anderen RaqZars Richtung Hafen.
Er starrte auf den Bildschirm der Fernoptik. Computerhilfe hielt die Kamera auf das Schiff zentriert. Gleich welchen Kurs der RaqZar flog, A'Mascer hatte immer den Feind im Blick.
Auf dem Schiff entwickelte sich hektische Betriebsamkeit. Winzig kleine, schwer erkennbare Gestalten wimmelten für einen kurzen Augenblick durcheinander. Schon flogen die grünen Deckplanen beiseite. Statt der Ladung, die sich darunter hätte verbergen sollen, kamen schwere, fest montierte Geschütze zum Vorschein.
»Das sind Hochenergie-Nadlerkanonen!« rief Keanogh fassungslos. »Verdammt, so was sollten nur Schlachtschiffe haben!«
A'Mascer versuchte, ruhig zu bleiben. Sie hatten gewußt, daß es gegen PACET ging, und durften sich durch das harmlose Äußere nicht täuschen lassen.
Jede Sekunde rechnete er mit weiteren Überraschungen. Der Orterschirm zeigte plötzlich zehn Flugobjekte; es waren RaqZar-6 bis RaqZar-15, Farree und Htontas mit ihren Staffeln. A'Mascer war sicher, daß sie die Bedrohung bereits erkannt hatten.
Er aktivierte den Schutzschirm des Jägers.

»Pat! Waffensysteme?«
»Feuerbereit!«
Von einem Augenblick zum anderen brach die Hölle los. A'Mascer erkannte grelle Mündungsblitze an Deck des Frachters. Ein gebündelter Hochenergie-Nadelblitz schlug in den Schirm des Jägers. Sie wurden zwei-, dreimal herumgewirbelt.
Als er wieder zur Besinnung kam, hatte der RaqZar seinen Schirm verloren. Aber die Zelle war intakt.
»Alles klar, Pat?«
»Alles klar!« brüllte der Schütze vor ihm. »Trotz allem gefechtsbereit! Schutzschirm wieder in Betrieb! Soll ich den verfluchten Kahn versenken?«
»Nein, Pat! Dieser Kahn ist unsere wichtigste Spur. So leicht ist es nicht.«
Ein Fluch antwortete ihm, der wohl irisch klingen sollte. A'Mascer schaltete den positronischen Piloten aus, der den Jäger kurzfristig übernommen und am Himmel gehalten hatte. Handsteuerung schien ihm die bessere Wahl zu sein; schwieriger für die Zielerfassung der Nadlerkanonen.
RaqZar-12 aus Farrees Staffel stand plötzlich als explodierender Feuerball am Himmel über Sleit Kerüm. Zwei Außenwelt-Piloten hatten das Leben verloren.
Aber das war längst nicht alles.
»Fernortung!« meldete Keanogh.
Von Westen und Osten her näherten sich fremde Jäger. Es waren hochmoderne Lo-2-3-Versionen, mindestens zwei Dutzend. Insider nannten sie wegen ihrer flachgedrückten Form *Käfer.* Sie waren pirostanischer Herkunft

und schwer bewaffnet.

Dreimal verdammt!

Das fremde Geschwader kam über sie. Die Außenwelt-Piloten sahen sich in einen tödlichen Kampf verwickelt. Thermogeschütze wurden abgefeuert – und von den Jägern beider Seiten mit Schutzschirmen abgelenkt. Die meisten Garben schlugen ins ferne Wasser, einige Schüsse verirrten sich jedoch zwischen die Wohngebäude der nahen Stadt.

Unschuldige sterben jetzt! ... Denk nicht daran, Seborian.

A'Mascer wich zwei anfliegenden Käfer-Maschinen aus, während Keanogh aus allen Rohren feuerte. Eine weitere RaqZar explodierte: Zugleich gingen zwei der modernisierten Lo-2-3-Versionen hoch.

An Wendigkeit waren die Käfer den RaqZars unterlegen. Dafür besaßen sie stärkere Schirme, stärkere Waffen und eine Minimalbesatzung, die aus Pilot, Copilot und Schütze bestand.

Allerdings, drei Mann mußten nicht besser sein als zwei. Und ganz besonders nicht, wenn es gegen Flieger der Außenwelt-Piloten ging.

Die Luft schien von Thermofeuer erfüllt, dazwischen schimmerte die blasse Energie von Desintegratorgeschützen.

A'Mascer nutzte seine Kurvenwerte aus. Ungeheure Fliehkräfte entstanden und wurden von den Andruckneutralisatoren aufgefangen. Nur hin und wieder brachen einige durch, wenn ein Streifschuß den Jäger traf. Die erste Phase dauerte nicht sehr lange. Nach kurzer

Zeit kristallisierte sich heraus, daß die Piloten der KHEER ihren Gegenspielern überlegen waren. Sie verfügten über die besseren Reflexe, über die größere Kampferfahrung.

»Pat! Feindliche Lo bei 40 Grad. Die kaufen wir uns.«

Er ließ die RaqZar nach oben schießen, kreuzte die Flugbahn zweier Jägerpaare, die sich im Luftkampf befanden, und stieß von oben auf den Käfer hinab.

Keanogh schoß eine einzige Salve ab. Die Thermokanone spie ein fauchendes Geräusch aus, das im Fluglärm unterging. In der Sekunde darauf trudelte die Lo-2-3 steuerlos nach unten, gerade wie ein Strich. Sie brannte wie ein Streichholzkopf und zerbarst beim Aufschlag ins Meer.

»Dunkersson spricht!« gellte die Stimme des alkanischen Leutnants. »A'Mascer auf RaqZar-4! Sonderauftrag! Setzen Sie sich aus dem Luftkampf ab! Wir übernehmen die Käfer, das Frachtschiff ist dafür jetzt *Ihre* Sache! Warten Sie nicht auf Hilfe aus der KHEER!«

In der Luft hatte das Duzen ein Ende. Hier oben herrschte Fliegerkode.

»Hier A'Mascer, RaqZar-4. Ich verstehe, Leutnant. Freie Hand für mich?«

»So frei, wie's nur geht!« Dunkersson lachte schallend, über Funk ein gespenstisches Geräusch. »Beeilen Sie sich bloß!«

A'Mascer konnte seine Maschine plötzlich sehen. RaqZar-1 wurde von drei Käfern aufs Korn genommen. Sie kamen von hinten, von links und von rechts zur selben Zeit. Dunkersson zog einen halben Abwärts-Looping.

Gift für die Lo-2-3. Zwei Einheiten aus Htontas' Staffel waren zur Stelle, bevor der Leutnant den ersten Treffer kassierte.

A'Mascer ließ seine Maschine senkrecht in den Himmel rasen. Einen hartnäckigen Verfolger hängte er ab, indem er Schub wegnahm und die RaqZar um 180 Grad drehte. Keanogh nutzte seine Chance aus; die große Bugkanone spuckte Feuer.

»Perfekter Schuß, Pat!«

Sie verfolgten den Verlauf der Luftschlacht aus großer Höhe.

»Sehen Sie auch, was ich sehe, Pat?«

»Sicher. Das Frachtschiff versucht abzuhauen. Ich nehme an, daß Leutnant Dunkersson genau das eben bemerkt hat.«

»Sieht so aus«, meinte er nachdenklich, »als diente der Einsatz der Käfer nur dazu, dem Schiff freien Abzug zu verschaffen.«

»Aber wir werden das verhindern, nicht wahr?«

»Jedenfalls versuchen wir's.«

A'Mascer driftete unauffällig in Richtung Hafenausfahrt. Keine der Lo-2-3-Maschinen schien es zu bemerken.

Wenn der Lastkahn das zerklüftete Ufergebiet erreichte, konnte er vielleicht untertauchen, in einer Bucht verschwinden, einen gesicherten Unterschlupf anlaufen oder was der Dinge mehr waren.

Sleit Kerüm gehörte zum Herrschaftsgebiet des whaanischen Mrimoon-Syndikats. Im Hafen besaß die Regierung noch die Oberhand. Aber wie sah es draußen aus? Wo

blieb die Küstenwache? War es denkbar, daß Mrimoon die Tragflächenboote ausgeschaltet hatte?
A'Mascer zermarterte sich den Kopf. *Den Frachter stoppen,* aber wie? Alles, was ihm einfiel, hätte die restlose Vernichtung aller Spuren und Beweise zur Folge. Sie waren jedoch auf das Wissen der Besatzung und auf die Fracht dringend angewiesen, wollten sie PACET auf die Schliche kommen.
Es war nicht möglich, nahe an den Frachter heranzugehen. Die Hochenergie-Nadler stellten eine tödliche Gefahr dar.
Man hätte das Schiff sicherlich mit Mikro-Raketen bekämpfen können; die RaqZar trug 76 Stück mit halbautomatischer Positronik-Zielerfassung. Keine Frage, daß Keanogh sie mit halb verbundenen Augen ins Ziel gebracht hätte. Ein Schiff stellte das leichteste Ziel der Welt dar, weil es nicht ausweichen und sich nur langsam bewegen konnte.
Aber jedes der Babys hätte den Frachter vollständig zerstört. Und gerade das durfte nicht geschehen. Speziell jetzt nicht, da sich der Luftkampf unter den Augen der whaanischen Regierung abspielte. A'Mascer konnte sich denken, wie viele Kameras die Schlacht festhielten und daß jeder Fehler ein Argument gegen die Befugnisse der Außenwelt-Piloten darstellte.
»Hören Sie mal, Pat ... So ein Frachter besteht doch vollständig aus Kunststoff, nicht wahr? Weder ein Kiel aus Metall noch ein unsinkbarer Schwimmkörper. Wahrscheinlich nicht mal ein Antigrav.«
»Das ist vermutlich richtig.«

A'Mascer kniff die Augen zusammen. Wäre in diesem Augenblick eine Lo-2-3 herangekommen, er hätte es nicht bemerkt.
»Dann«, murmelte er, »ist eine Mikro-Rakete vielleicht doch das richtige ...«
»Wie bitte? Ein Raketentreffer, und da unten bleibt nicht mal ein Zahnholz ganz! Geschweige denn eine Planke.«
A'Mascer lachte leise. »Wir werden den Zünder ja auch gar nicht scharf machen. Wir schießen die Rakete nicht einmal ab. Sagen Sie, Pat, was *wiegen* unsere Mikros eigentlich?«
»Um die vierhundert Kilo pro Stück, warum?«
»Weil wir jetzt mal Bomberpilot spielen! Wir lassen die Dinger einfach nur fallen.«
»Wie bitte?« fragte Keanogh, als hätte er es mit einem Geisteskranken zu tun.
»Vorausgesetzt, eine der Raketen trifft, dann wird sie den Kunststoffrumpf glatt durchschlagen. Und der Frachter sinkt mit einem sprudelnden 50-Zentimeter-Loch mitten in die Hafendurchfahrt.«
»Dann können wir die Mikros genausogut abschießen. Nur eben ohne scharfen Zünder. So haben wir wenigstens Zielkontrolle.«
»Nein, Pat. Die Wucht würde das Schiff zerreißen. Ich will nur ein sauberes, kleines Loch, das keiner mehr dicht machen kann. Nicht mehr und nicht weniger.«
Die Miene des Schützen war finster, als er sich zu A'Mascer umdrehte. Aber je mehr er nachdachte, desto mehr hellten sich die Züge auf.
»Also gut! Machen wir es!« Er zog eine entschuldigende

Grimasse, die A'Mascer nur halb von der Seite sehen konnte. »Sie sind natürlich der Pilot. Ich will nicht so tun, als würde ich einen Befehl verweigern.«

»Das möchte ich hoffen, Pat.«

Seborian A'Mascer brachte die RaqZar genau über den Frachter. Da sie sich auf mehr als 200 Meter Höhe befanden, war das Zielen ein schwieriger Vorgang. Die RaqZar war ein Jäger, und sie verfügten nicht über die technischen Möglichkeiten eines Bombers.

»Mikro ... *ab*!«

Keanogh löste den ersten Kontakt. Eine schlanke Rakete, der man die vierhundert Kilo Gewicht nicht ansah, trudelte abwärts, stabilisierte ihren Flug – und schlug knapp neben dem Frachtschiff ein. 3000 Solar versanken zehn Meter tief im Schlamm.

»Daneben«, kommentierte A'Mascer trocken.

Keanogh stieß einen bösen Fluch aus.

Weiter unten neigte sich der Luftkampf längst noch nicht dem Ende zu. Die Außenwelt-Piloten hatten vier Maschinen verloren, die anderen doppelt so viele. Eine feindliche Übermacht blieb es immer noch.

Die nächste Mikro.

Und wieder daneben, ein knapper Fehlversuch.

Im Frachter hatte man gemerkt, was ablief, denn eines der Hochenergie-Nadlergeschütze wurde himmelwärts gerichtet. Die Kanone begann Feuer zu spucken.

A'Mascer hielt stur seine Position.

Die nächste. Vorbei! Und Nummer vier ... Nummer fünf, sechs ...

Beim achten Versuch hatte er ein gutes Gefühl.

»Es wird klappen, Pat. Einmal muß es.«
Ab!
Diesmal saß die Mikro-Rakete direkt im Ziel. A'Mascer und Keanogh stießen einen einstimmigen Jubelruf aus. Im Bug des Frachters klaffte ein riesengroßer Krater, der das Vorderschiff fast in zwei Teile brechen ließ. Das Feuer der Nadlerkanonen hörte auf. A'Mascer konnte sehen, wie sich die Besatzung in Rettungsboote flüchtete, wie der Frachter sich erst allmählich, dann immer schneller zur Seite neigte.
Innerhalb kürzester Zeit versank das Boot. Nur ein Mast ragte Sekunden später über die Wasseroberfläche heraus. Wie schnell es plötzlich ging! wunderte sich A'Mascer. Zuerst dieser schwere Kampf, und nun das, bewirkt durch ein simples Wurfgeschoß. Manchmal waren die einfachen Mittel die wirkungsvollsten.
Am Ufer wurden die Rettungsboote von uniformierten Sicherheitskräften in Empfang genommen. Zehn, zwölf Warnschüsse überzeugten die PACET-Leute, daß es besser wäre, sich kampflos zu ergeben. Am Ende tauchten auch die Boote der Küstenwache auf – als sie keiner mehr brauchte. Es war, als hätten sie den Augenblick abgepaßt.
Der Kampf der RaqZar-Jäger gegen die Käfer ging nun, da es kein Streitobjekt mehr gab, rasch auf sein Ende zu. Es dauerte keine fünf Minuten mehr. Dann waren sämtliche Lo-2-3 geflohen oder abgeschossen.
Die Außenwelt-Piloten beherrschten den Luftraum über Sleit Kerüm.
»Leutnant Dunkersson spricht. RaqZar-4, hören Sie?

Das war gute Arbeit, A'Mascer!«
»Danke, Leutnant.«
»Dunkersson an alle: Rückkehr zur Basis. Ich wiederhole: Rückkehr zum Träger KHEER!«
Über dem Hafen kehrte Stille ein. Seborian A'Mascer drehte eine letzte Runde: Das befürchtete Massaker unter den Blues war ausgeblieben. Er sah mit großer Erleichterung, daß keines der Wohnboote größeren Schaden genommen hatte. Nun waren die Bergungsmaschinen an der Reihe. Vielleicht schickte Laurents auch eine Space-Jet; anzunehmen, daß der Träger mindestens eine Jet an Bord hatte, die für Unterwasserbetrieb ausgerüstet war.
A'Mascers letzter Gedanke galt dem plötzlichen Auftauchen der Lo-2-3-Staffeln. Es sah so aus, als hätte der Gegner von vornherein Bescheid gewußt. Als hätte man ihnen *aufgelauert* ... Wenn das der Wahrheit entsprach, saß an Bord der KHEER ein Spion.

Die Auswertung aller Hinweise, die man den Gefangenen abringen konnte, würde eine Woche dauern, desgleichen die Untersuchung des gesunkenen Frachters. Ob sie sich die Verzögerung leisten konnten, stand auf einem anderen Blatt.
A'Mascer fühlte sich ausgelaugt und müde.
Nach der Sache im Hafen erteilte Kommandeur Laurents Planetenurlaub. Die meisten Piloten nahmen sich ein Zimmer in einer preiswerten Herberge, in der Touristikmeile von Sleit Kerüm. Nicht Seborian A'Mascer; er hatte Whaan vor einigen Jahren schon einmal

besucht, auf seiner ersten Reise mit Orchida Caryol. Das beste Hotel in Sleit Kerüm, vielleicht in ganz Whaan, war ihm bekannt. Es handelte sich um das Hotel der grünen Kreatur. Ein Taxi brachte ihn ans Ziel.

A'Mascer nahm das Gewimmel der blaupelzigen, tellerköpfigen Blues überall in der Stadt zur Kenntnis, doch es konnte nicht mehr sein Interesse wecken.

Entlang einer schmutzigen Fluß-Kloake, die stadtabwärts in den Ozean mündete, beförderte das Taxi ihn zu einer Insel, die mitten im Stadtgebiet lag. Zwischen niedrigen Blues-Unterkünften lag weithin sichtbar das Hotel, ein sechzig Meter hoher Trichterbau im arkonidischen Stil.

A'Mascer nahm sich eine der teuersten Suiten. Im Gegensatz zur Solaren Flotte wurde man bei den Außenweltlern für das Risiko anständig entlohnt.

Todmüde fiel er ins Bett. Seborian A'Mascer schlief bis zum nächsten Morgen. Er nahm ein ausgezeichnetes Frühstück, das ihm in aller Frühe von einem plappernden Blue serviert wurde, und begab sich auf Besichtigungstour.

Allzuviel hatte sich seit damals nicht verändert. Die Gatasersiedlung, die die ehemals latosische Enklave Sleit Kerüm lückenlos umgab, war mit den höher entwickelten Gebieten am Hafen lückenlos zusammengewachsen.

A'Mascer besuchte den freien Markt von Sleit Kerüm. Zwischen den zirpenden Tellerköpfen ließ er sich treiben. Er war sehr viel größer als die Blues, meist auch kräftiger. So etwas wie Fremdenhaß schien es jedoch nicht zu geben; die Bewohner der Stadt waren an

Touristen gewöhnt, speziell an Humanoide aus Borghenhall, und die Trivideo-Kanäle sendeten mehrmals täglich Nachrichten aus der Galaxis.
Die ganze Zeit zermarterte er sich das Hirn. Was, wenn wirklich ein Spion auf der KHEER saß? Wer hatte Zugang zu sensiblen Informationen, wie sie der Täter besessen hatte?
Am späten Abend kehrte er ins Hotel der grünen Kreatur zurück.
Etwas stimmt nicht. Instinkt.
Der riesenhafte Deckenventilator, ein antiquiertes Dekorationsstück, rotierte sehr langsam. Die Blätter fächelten einen sachten Luftzug durch den großen Raum.
Auf seinem Bett war die Überdecke zerdrückt.
Merkwürdig. Das paßt nicht zur Arbeitsweise des Personals.
Man konnte Blues alles mögliche vorwerfen, doch unkorrektes Umgehen mit den Gästen eines Hotels gehörte nicht dazu. A'Mascer war sicher, daß die Decke vom Personal gerichtet worden war. Jemand anders hatte sie in Unordnung gebracht.
In der Luft lag ein leichter, süßlicher Geruch.
A'Mascer zog den Thermonadler aus seiner Jacke und entsicherte ihn. Aus dem Bad hörte er ein Geräusch.
Unvorsichtig. Wer du auch bist, du hast einen Fehler gemacht. Seborian A'Mascer begann laut zu pfeifen. Daß er mittlerweile eingetroffen war, hatte die Person im Bad mit Sicherheit gehört.
Mit vorgehaltener Waffe schlich er zur Tür. A'Mascer holte Schwung. Die Tür stand ein kleines Stück weit

offen. Mit aller Kraft trat er sie beiseite, sprang mit der Waffe in die Schwelle, brachte den Lauf des Nadlers in Anschlag.

»Hände hoch!«

Und im nächsten Augenblick erstarrte er.

»Seborian, was machst du da? Ich muß mich doch sehr wundern.«

In der Stimme lag ein feiner alkanischer Akzent, eine Mischung aus Arroganz und purer Erotik. Vor ihm stand Orchida Caryol. Sie hatte ihr blondes Haar zu einem Knoten gerollt und es mit einem Handtuch umgeben. A'Mascers Herz fing zu klopfen an.

Orchida mußte gerade aus der Naßzelle gekommen sein.

»Bringt man euch auf dem Raumschiff, wo du jetzt bist, ein solches Benehmen bei?«

Er atmete tief und erhob sich.

»Ich schätze, ich mache mich zum Narren, Orchida. Wie, zum Teufel, kommst du hier herein?«

Grüne Augen, katzenhaft. Schmale Lippen und das verführerischste Lächeln auf dieser Seite des Borghenhall-Sektors.

»Dieser Blue-Portier war bereit, mich gegen ein horrendes Bestechungsgeld ins Zimmer zu lassen. So einfach war das. Und da man nach mehr als drei Tagen Flug in einem billigen Passagierraumer nicht mehr ganz taufrisch ist, habe ich beschlossen, mich deiner Dusche zu bedienen. – Erinnerst du dich an unsere letzte Reise? Als wir ebenfalls in diesem Hotel abgestiegen sind?

Als du mir schriebst, wohin ich deine Sachen schicken soll, war für mich alles klar. Ich *wußte*, es würde das

Hotel der grünen Kreatur sein.«
Sie war immer noch die schönste Frau im Universum. Der Anblick ihrer Figur schnürte ihm ein bißchen die Luft ab, wie stets in den ersten Sekunden. Besonders wenn sie ihren Morgenmantel aus roter Seide trug – so wie jetzt.
»Seborian, ich bin kein Gespenst. Ich bin auch nicht hier, um dich zu verführen. Obwohl das sicher keine schlechte Idee wäre.«
Sie lächelte abschätzend, und er fühlte es in seiner Hose eng werden. »Nein, ich will mit dir über die Zukunft reden. Über *unsere* Zukunft, um genau zu sein.«
A'Mascer gab ihr Lächeln schief zurück. Er sicherte seinen Thermonadler, steckte die Waffe ins Holster zurück und hängte sie mitsamt der Jacke an einen Haken neben der Tür.
»Ich bin nicht so sicher«, sagte er, »daß es diese Zukunft noch gibt. Habe ich dir nicht alles geschrieben? Ich bin ein Raumpilot, Orchida. Ich fühle mich erst dann wirklich lebendig, wenn ich im Cockpit sitze. Einen Jäger zu steuern, das ist mein Element. Und jetzt ... Nun, jetzt sind ein paar zusätzliche Elemente hinzugekommen. Ich werde gebraucht.«
Orchida trat ganz nahe an ihn heran. Sie ließ ihn die Spitzen ihrer Brüste fühlen, die sich durch den Morgenmantel deutlich abzeichneten.
»Ich brauche dich ebenfalls, Seborian.«
»Vielleicht ... Ich weiß nicht, Orchida. Du willst das Flair von Abenteuer, das ich dir immer noch biete. Aber irgendwann werden aus erfolgreichen Piloten flügellahme

Geier. Dann ist's aus mit dem Flair. Und dann bist auch du verschwunden. Ich kann es drehen, wie ich will, ich werde immer verlieren. Und dich zu verlieren, Orchida, das schmerzt.«
»Seborian, du kannst das Schicksal drehen. Komm zu mir zurück.«
»Nein.«
»Warum nicht?«
»Ich kann es dir nicht erklären. Die Sache ist so geheim, daß allein das Wissen für dich gefährlich wäre.«
»Unter der Rettung des Universums machst du es noch immer nicht, hmm?«

Sie verbrachten äußerst intime Tage und vor allem Nächte miteinander. Als der Rückruf zum Träger KHEER eintraf, stand sein Entschluß fest. Es war nicht ganz einfach, den Überredungskünsten einer Orchida Caryol zu widerstehen. Ihn rief jedoch die Pflicht, die er mit der Zusage an die Außenwelt-Piloten übernommen hatte.
Eine Space-Jet holte ihn und drei andere Piloten vom Hafen ab. Sie waren die letzten.
Gerade rechtzeitig betrat A'Mascer den großen Kartenraum. Drei Dutzend Personen hatten sich versammelt, unter anderem der Kommandeur und die wichtigsten Piloten.
»Nachdem sich nun auch Pilot A'Mascer die Ehre gibt«, begann Laurents, »eröffne ich die Sitzung. Meine Herren, die Auswertung unserer Hafen-Aktion ist abgeschlossen. Zunächst zur Besatzung: Uns fielen siebzehn

Personen in die Hände, die meisten Blues, aber auch ein paar Kolonisten von Pirosta. Keine Person besaß nähere Kenntnisse. Die meisten wußten nicht einmal, daß sie von PACET angeheuert wurden. Wir haben das unter Wahrheitsdrogen geprüft. Ihr Auftrag lautete, im Fischerei-Hafen eine bestimmte Fracht zu übernehmen. Keiner wußte, um was es sich handeln sollte. Sie wußten nur, daß die Fracht exakt 93 Kilometer weit zu transportieren und dann an einen Frachtgleiter zu übergeben wäre.«

Laurents' Blick wanderte über die versammelten Flieger und Raumfahrer, die Elite der Außenwelt-Piloten.

»Ein paar von Ihnen fragen sich, weshalb die Lo-2-3-Jäger in Sleit-Kerüm so plötzlich zur Stelle waren. Die Frage ist berechtigt. – Es könnte natürlich sein, daß PACET die Übergabe im Hafen routinemäßig abgesichert hat. Es wäre allerdings *auch* möglich, daß man von unserer Aktion *wußte*. – Ich spreche von einem Undercoveragenten in der KHEER, meine Herren. In dem Fall wollte PACET die Gelegenheit nutzen, ohne großes Risiko einige Topleute der Außenwelt-Piloten abzuschießen.«

Einen Moment lang herrschte schockiertes Schweigen. A'Mascer wunderte sich, daß nicht alle auf denselben Gedanken gekommen waren.

»Einen Moment bitte«, warf Leutnant Cevlington ein, »nicht so eilig, Kommandeur! PACET könnte durchaus darüber informiert sein, wer uns auf Thoben-6 alles in die Hände gefallen ist. Bei PACET konnte man sich demnach ausrechnen, welche Informationen wir aus

Oriviere Redate herauspressen würden.«
»Was wollen Sie andeuten, Leutnant?« fragte der Kommandeur aufmerksam.
Cevlington zuckte unbehaglich mit den Achseln. »Wenn man bei PACET weiß, was die Außenwelt-Piloten wissen, werden unsere Schritte berechenbar. Die Außenwelt-Piloten wissen von einer Übergabe? Also kann man ihnen eine Falle stellen! So gesehen war der Angriff im Hafen von Sleit Kerüm nur logisch.«
»Sie haben natürlich recht, Leutnant Cevlington«, erklärte der Kommandeur nach einer Weile, »ich schließe nicht aus, daß es genau so ist.« Laurents starrte düster über den riesigen Kartentisch. »Dennoch müssen wir alle Eventualitäten berücksichtigen«, beharrte er. »Und eine davon ist nun einmal folgende: An Bord des Trägers KHEER befindet sich ein Spion. Er fand irgendwie eine Möglichkeit, unsere Hafen-Operation zu melden. Daraufhin hatte PACET keine Möglichkeit mehr, den Frachter aufzuhalten – brachte aber die sattsam bekannten Käfer-Kampfjäger in Position.«
Auf der linken Seite machte ein Pilot mit einer Geste auf sich aufmerksam. Laurents erteilte ihm das Wort.
»Was war denn nun mit dem Frachtschiff, Kommandeur?« fragte Leutnant Htontas ungeduldig, in seinem schauderhaftesten Akzent. »Wofür sind die RaqZars über Sleit Kerüm draufgegangen?«
Laurents' Miene wurde undurchdringlich.
»Das Schiff war weitgehend leer«, bekundete er tonlos. »Keine Ladung an Bord. Mit anderen Worten, Sie haben um ein leeres Schiff gekämpft, meine Herren. Aber das

war nicht anders zu erwarten. Schließlich sollte die Ladung erst *übernommen* werden. Wir verfügen dennoch über einen Hinweis: Im gesunkenen Wrack wurden sieben Transportkisten aufgefunden, und jede davon war für die Aufnahme einer Radiant Typ III-Rakete vorbereitet.«

»Was soll daran ein Hinweis sein?« warf jemand ein.

Laurents lächelte dünn und sehr berechnend. »Mikroskopische Kratzspuren und Beschädigungen erlauben uns den Schluß, daß diese Kisten *schon mindestens einmal* für den Transport von Radiants benutzt wurden.«

»Ich wüßte nicht«, meinte Dean Noah Farree, der kleine Mann von Staupan, »wieso das ein Hinweis sein sollte. Daß PACET eine ganze Menge Missiles vom Typ III besitzt, wußten wir doch schon vorher.«

»Richtig. Aber PACET hat sich einen Fehler erlaubt. Die Kisten tragen offizielle Frachtbuttons. Diese Buttons wurden von einem kleinen Raumhafen im Tuoch-Gebirge von Whaan ausgestellt.«

»Seit wann existiert dort ein Raumhafen?« fragte Topan Kirjandor, der Pirostaner. Kirjandor schneuzte sich geräuschvoll in ein Papiertaschentuch, schien aber interessiert auf Laurents' Erklärung zu warten. »Ich dachte immer, ich wüßte über alle Raumhäfen im Sektor Borghenhall Bescheid.«

»Um es etwas präziser auszudrücken: Wir haben es dort mit einer Art Ausweichlandefeld zu tun. Vor einigen Jahren glaubte man, es könnte für die Besiedlung der Region wichtig werden. Im Palast von Whaan wurde jedoch beschlossen, die Geburtenquote zurückzufahren, so daß die Erschließung des Gebirges maximal halbherzig erfolgte. – Aber zurück zu den Frachtkisten: Die gefundenen Buttons dürften nicht älter als eine Woche sein. Mit hoher Wahrscheinlichkeit stammen diese Kisten also nicht direkt von Whaan, sondern sie wurden per Raumfracht auf den Planeten eingeführt. Erst dann wurden sie in das Frachtschiff verladen, das wir versenkt haben. Den Weg der Kisten können wir natürlich nicht mehr nachvollziehen. Wir wissen auch nicht, was darin transportiert wurde. Aber wir nehmen den Raumhafen Tuoch-Mitte genauestens unter die Lupe, das können Sie mir glauben.«

Laurents hustete schwer. A'Mascer konnte sehen, wie er gewollt unauffällig ein Medikament schluckte.

»Wenn ich mir eine Bemerkung erlauben darf, Sir ...«, begann Kim Dunkersson, mit Kaugummi im Mund, »Ihr Plan hat einen entscheidenden Haken, Sir.«

»Und der wäre, Leutnant?«

»Nun, Sir, der Raumhafen befindet sich in einem Gebirge. Wir können die KHEER nicht unerkannt dorthin bringen. Eventuelle PACET-Agenten würden viel zu früh gewarnt. Wäre es nicht besser, einheimische Polizeikräfte damit zu beauftragen?«

Kommandeur Laurents lächelte süffisant. A'Mascer hätte sich an Dunkerssons Stelle sehr in acht genommen.

»Was würden Sie sagen, Leutnant, rechnen Sie ernsthaft mit PACET-Kräften in diesem Gebiet? Oder halten Sie die Anwesenheit der Leute für ein Hirngespinst?«

»Ich bin sogar völlig sicher, Sir, daß wir auf PACET-

Agenten treffen!« strahlte Dunkersson. »In meinen Augen ist das eine einmalige Gelegenheit!«
»Dann nehmen Sie bitte zur Kenntnis, daß ich nicht bereit bin, whaanische Polizisten als Kanonenfutter in den Tod zu schicken. Wenn in Tuoch-Mitte irgend etwas schiefgeht, sind nicht nur die Blues tot. Sondern unersetzliche Beweise werden möglicherweise vernichtet!«
Dunkersson schluckte. Er nahm einen Schluck von seinem Schaumgetränk, das deutlich hörbar sprudelte, dann sagte er: »Verzeihen Sie, Kommandeur. Ich habe das nicht bedacht.«
Laurents erklärte: »An Bord der KHEER befinden sich derzeit 29 Leutnants der Außenwelt-Piloten plus deren Bordschützen. Diese Männer werden sich heute noch an Bord einer großen Space-Jet begeben. Ziel ist der Militärstützpunkt Xim-Ier im Grenzgebiet des Gebirges. Die whaanische Regierung hat dort ein Geschwader von Kampfgleitern stationiert. Genauer gesagt, wir wissen von dreißig Maschinen, die kurz vor der Ausmusterung stehen. Hin und wieder werden heute noch Erprobungsflüge über das Tuoch-Gebirge unternommen, so daß die plötzliche Aktivität des Geschwaders nicht auffallen dürfte. Den vorliegenden Informationen nach handelt es sich um Export-Ausführungen des Leichten Kampf- und Spähgleiters Rorix; übrigens ein Produkt der arkonidischen Koshan-Fabriken. Ich setze voraus, meine Herren, daß Sie alle mit den Rorix-Maschinen leidlich vertraut sind. Es dürfte kein Problem sein, damit klarzukommen.
Sie werden das Gebirge überfliegen und den Raumhafen

Tuoch-Mitte auskundschaften. Ich erwarte, daß Sie Ergebnisse zurückbringen. Die Leitung des Einsatzes übernimmt übrigens First Leutnant Cetero Cevlington. – Noch Fragen?«

Dunkersson und Cevlington meldeten sich zugleich.

»Dunkersson, Sie zuerst.«

»Danke, Kommandeur. Ich stelle den Antrag, daß Lebensmittel von der KHEER mittransportiert werden. Es wäre extrem wichtig für die Moral der Truppe, wenn die Versorgung mit geeigneter Nahrung gewährleistet wird. Denken Sie nur, Kommandeur: Die Hälfte unserer Piloten nach der ersten Mahlzeit in der Fremde lahmgelegt ... PACET trägt den Sieg davon – wegen Durchfall oder Übelkeit!«

Laurents lächelte zuckersüß.

»Ich weiß Ihr Mitdenken zu schätzen, Leutnant Dunkersson. Heute schon zum zweiten Mal, wirklich eine bemerkenswerte Leistung. Ich werde jedoch Befehl geben, daß die Space-Jet weder Ihre alkanischen Fleischklöpse transportiert noch diese braune Limonade, von der Sie offenbar die Finger nicht lassen können. Das wäre es dann.«

Dunkersson wurde blaß. Seine Hände umklammerten so fest den Becher, den er in der Hand hielt, daß die Knöchel weiß hervortraten. »Äh ... Jawohl, Kommandeur. Keine Spezialverpflegung, ich verstehe.«

Laurents nickte und drehte sich zur anderen Seite. »Und was kann ich für Sie tun, Leutnant Cevlington?«

Der junge Mann, den alle König Cetero nannten, räusperte sich dezent. »Ich möchte ebenfalls eine Bitte äußern, Kommandeur. Wäre es vielleicht möglich, den Abtransport auf einen Zeitpunkt nach 18 Uhr Ortszeit zu verlegen? Sie wissen, Kommandeur – die quynglische Teezeit beginnt pünktlich um fünf.«

Laurents reagierte mit bemerkenswertem Gleichmut. Er schien sogar zu lächeln, wenngleich seine Miene einem verdeckten Zähnefletschen nicht unähnlich sah.

»Leutnant Cevlington ... Anträge dieser Art könnten mich leicht veranlassen, das First-Leutnant-Kommando einem anderen Piloten zu übertragen. Verstehen wir uns?«

Der Quynglorer wurde ebenfalls blaß, so wie Dunkersson zuvor. »Aber absolut, Kommandeur«, brachte er hervor.

»Dann möchte ich Sie alle bitten, sich in spätestens 45 Minuten abmarschbereit an Deck einzufinden.«

A'Mascer hörte neben sich ein saugendes Geräusch. Er identifizierte ein Atemholen, das von einem trompetenhaften, betäubend lauten Niesen gefolgt wurde – dem fruchtlosen Versuch, ein Papiertaschentuch in Stücke zu blasen.

Topan Kirjandor, der pirostanische Bär, grinste verlegen. »Der verdammte Schnupfen, Seborian. Verzeihung, aber was raus muß ... Was hältst du von der ganzen Sache?«

»Ich ziehe es vor, abzuwarten. Zuerst möchte ich mal diese Koshan Rorix-Gleiter sehen. Was Laurents erzählt hat, klang nicht ermutigend.«

Kirjandor seufzte tief. »Stimmt, wir können nur das Beste hoffen. Einen Vorteil hat die Sache jedenfalls; die

Kerle in der KHEER werden aufhören, mir ständig Vurguzz statt grünem Tee unterzuschieben. Jetzt ist endlich Schluß damit. Und wenn's nur für ein paar Tage ist.«

»Sei nicht zu sicher, Topan«, warnte A'Mascer.

»Dunkersson hatte so ein komisches Lächeln, genauso wie Farree. Sie erwähnten irgendwas von *Nachschub für die Schnapsnase.*«

Im selben Moment brachte eine gehobene, deutlich unwirsche Stimme das allgemeine Tuscheln zum Verstummen. »Abtreten, meine Herren!« kommandierte Laurents. »Oder sollte ich Ihnen mit 45 Minuten noch zuviel Zeit gelassen haben?«

Die Piloten erhoben sich und marschierten hinaus.

Lediglich A'Mascer fühlte sich plötzlich am Arm gehalten. Es war der Kommandeur.

Laurents wartete, bis sich der Raum vollständig geleert hatte: »Seborian A'Mascer, der Pilot von Thoben-6 ... Ich bin zufrieden mit Ihrer Leistung, müssen Sie wissen. Ich hoffe, Sie haben sich alles, was hier gesprochen wurde, aufmerksam angehört.«

A'Mascer schaute den Kommandeur unschlüssig an.

»Natürlich, Sir«, antwortete er nach einer Weile.

»Dann ist Ihnen aufgefallen, daß ich von 29 Leutnants sprach, aber von dreißig Rorix-Gleitern?«

»In der Tat, ich habe es bemerkt.«

»Gut. Denn Nummer 30 werden *Sie* sein. Ich beglückwünsche Sie zur Beförderung. Leutnant A'Mascer. Bevor es losgeht, suchen Sie die Kleiderkammer auf. Holen Sie sich dort gleich Ihr Abzeichen.«

»Vielen Dank, Sir.«
A'Mascer beeilte sich. Es war die unzeremoniellste Beförderung gewesen, die er je erlebt hatte.

4

Anfang Oktober bewegte sich eine Space-Jet der 50-Meter-Klasse von Sleit Kerüm kommend über Whaan hinweg. Sie passierten den halben Süd-Kontinent, umflogen eine militärische Sperrzone und orientierten sich am Perlfluß entlang Richtung Norden. 1750 Kilometer von Sleit Kerüm entfernt ging die Jet nieder.
Xim-Ier lag in mehr als 3000 Metern Höhe. Von oben erweckte der Stützpunkt einen wenig spektakulären Eindruck.
Cetero Cevlington ließ es sich nicht nehmen, die Piloten persönlich auf dem Weg ins Freie anzuführen.
Eine trockene Kälte schlug in ihre Gesichter, völlig anders als das schwüle Klima von Sleit Kerüm. A'Mascer schätzte, daß um die 5 Grad minus herrschten. Sie trugen leichte Schutzanzüge.
Am Horizont entlang erhob sich eine Fülle von hohen und höchsten Gipfeln. Die Kreatur des Himmels, mit fast sechs Kilometern Höhe der berühmteste Berg von Whaan, befand sich weit im Osten. Aber auch das hiesige Gebiet war reich an Vier- und Fünftausendern.

Xim-Ier bestand aus nicht mehr als dem Landefeld, einigen Wellblechhütten und wenigen solide gegossenen Gebäuden.

Am Rand des Landefeldes stand die Jet, die in großer Hast entladen wurde. Unter den Abstrahlmündungen der Impulstriebwerke entwich flimmernde Hitze.

Etwas abseits, am anderen Ende, machte A'Mascer die angekündigten Koshan Rorix-Gleiter aus. Es waren tatsächlich dreißig Stück. Ihre Form ließ sich am einfachsten als eine Art Linse beschreiben, von vorn aerodynamisch geschnitten, mit einem Kuppelaufsatz aus transparentem Panzerplast.

Allerdings stand noch ein weiterer Gleiter da, dessen Herkunft sich A'Mascer nicht erklären konnte.

Cevlington bemerkte seinen Blick. »Ich bin sicher, damit ist ein Instruktor gekommen. Jemand, der sich flugtechnisch im Gebiet auskennt.« Der quynglische First Leutnant faßte A'Mascer plötzlich an der Schulter; mit ausgestrecktem Arm deutete er auf eines der Gebäude. »Das scheint unser Empfangskommando zu sein!«

Aus einer Türöffnung winkte ein Mann. Er öffnete den Mund zu einem Ruf, drang aber nicht durch.

Die Piloten kämpften sich gegen den mörderischen Höhenwind bis ins Gebäude. Dort erst verstummte der Zug wie abgeschnitten.

»Mein Name ist Phillis«, erklärte der dick eingemummte Kerl. »Einfach nur Phillis, okay? Ehemaliger Rettungsflieger im Auftrag der whaanischen Regierung. Ich habe einige Jahre hier gelebt, und ich bin da, um Ihnen ein paar fliegerische Details zu erläutern.

AD ASTRA

Burgschmiet Verlag, Nürnberg 1998 HTTP://WWW.BURGSCHMIET.COM
Burgschmiet Verlag

Kommandeur Laurents hat mich mit der Mission vertraut gemacht, soweit es notwendig war.«

Er war ein breiter, nicht allzu groß geratener Mann mit grauen Haaren und zerfurchtem Gesicht. Der Gesichtsfarbe nach schien er alkanischer Herkunft zu sein. Und der Name war vermutlich falsch.

Phillis führte sie ins Innere des Gebäudes. Die Piloten machten es sich entlang eines Hufeisentisches, an dem fünfzig Personen Platz gefunden hätten, bequem.

Ehemaliger Speisesaal für Blue-Soldaten. Können nicht mehr viele hiersein. Leere Räume, leere Gänge.

Phillis schaute konzentriert auf seine Armbanduhr. »Wir haben 12.55 Uhr Ortszeit. Das Zielgebiet befindet sich in 98 Kilometern Entfernung, nicht weit vom Ennapy. Wem das nichts sagen sollte: Es gibt auf Whaan nicht mehr als vierzehn Fünftausender-Gipfel. Der Ennapy ist einer davon. Nun, die Koshan Rorix-Jäger, mit denen Sie wohl oder übel arbeiten werden, besitzen in der vorliegenden Version eine Reichweite von nicht mehr als 620 Kilometern. Das ist mehr als genug. Unterschätzen Sie allerdings nicht die Wege, die im Tuoch-Gebirge notwendig werden. Sie können niemals Luftlinie fliegen.«

Phillis entrollte von einem wackligen Stativ eine riesengroße Karte. Darauf war das Gebiet des Ennapy mit seinen verschiedenen Massiven eingezeichnet. Der gesuchte Raumhafen war nicht mehr als ein winziger Flecken.

»Meine Herren: Ihr Zielgebiet! Was Sie dort erwartet, kann ich auch nicht sagen. Nur, wie Sie hinkommen, sofern es das Wetter zuläßt. Um diese Zeit ist der

Landeplatz Tuoch-Mitte nominell von drei bis vier Ordnungskräften besetzt. Ich gehe davon aus, daß sie mit der Sache an sich nichts zu tun haben. Es könnte aber auch sein, daß die Außenwelt-Piloten dort auf starke PACET-Kräfte treffen.
Was konkret Sie eigentlich entdecken sollen, wußte Kommandeur Laurents selbst nicht genau. Da er aber dreißig Maschinen angefordert hat, dürfte er mit so ungefähr allem gerechnet haben.«
Besser zu stark, dachte A'Mascer, *als hinterher überrascht werden. Wir spielen nicht im Sandkasten. Wir kämpfen gegen eine High-Tech-Sektion des interstellaren Verbrechens.*
Phillis fragte: »Wer von Ihnen besitzt ausreichend Flugerfahrung im Hochgebirge?«
Beinahe alle Hände gingen nach oben.
»Sehr gut«, sagte der Alkaner. »Das hier ist nicht der freie Weltraum, und Ihre Fluggeräte sind nicht die besten. Sie werden mit großer Sicherheit auf die Erfahrung zurückgreifen müssen. Regenzeit herrscht in der Gegend zwar derzeit nicht; so bleibt Ihnen das Allergröbste erspart. Rechnen Sie dennoch mit jeder Sorte Sturm. Man kann es niemals wissen. Im Tuoch-Hochgebirge schlägt das Wetter binnen einer halben Stunde um. Die Wetterverhältnisse, die Sie von Thoben-6 oder von Terra, Arkon und so weiter kennen, gelten hier nicht. Ein Schneesturm kann Sie jederzeit zwingen, notzulanden. Selbst mit den Rorix-Maschinen, auch wenn Sie es im Augenblick nicht glauben mögen. Diese Maschinen sind nicht state-of-the-art. Manchmal finden

Sie selbst mit den Gleitern kein Gelände, das sich für eine Landung eignet. Dann kann es vorbei sein, weil die Tuoch-Stürme ihrem Antigrav-Aggregat an Stärke oft überlegen sind. – Wir verfügen selbstverständlich über einen akribisch arbeitenden Wetterdienst. Nur, wie gesagt: Wissen kann es niemand.
Ich rate übrigens davon ab, heute noch loszufliegen. Es ist immer besser, man paßt sich ein paar Tage dem vorherrschenden Klima an. Im Tuoch-Gebirge sollten Sie meine Empfehlung wirklich befolgen.«
First Leutnant Cevlington erhob sich ruckartig.
»Kommt nicht in Frage, Phillis. Meine Leute verfügen über Schutzanzüge, und die Rorix-Cockpits schließen meines Wissens luftdicht. Die Mission beginnt morgen früh.«
Phillis überlegte mit verbissenem Gesicht. Man konnte ihm ansehen, daß er sich beleidigt fühlte. »Nun gut«, sagte er dann, »wie Sie wünschen. Hören Sie also gut zu, meine Herren.«

Die Leutnants der Außenwelt-Piloten teilten sich in fünf Staffeln auf. Ihre Kodenamen für den Funkverkehr lauteten J-1 bis J-30, wobei A'Mascer als J-12 auf die Reise ging, unter Leitung des Staffelführers Topan Kirjandor. Kirjandor stellte in A'Mascers Augen eine gute Wahl dar. Er ordnete sich lieber erfahrenen Leuten unter, besser als einem jungen Heißsporn wie Dunkersson.
Die Koshan Rorix galten als hoffnungslos veraltet. Ihre Kontrollen waren für die kleineren Hände der Blues ausgelegt. Schwere Schutzschirme besaßen die Maschinen

nicht, und die Positronik-Unterstützung fiel mäßig aus. Daß sie flugtauglich waren, stellte in A'Mascers Augen ein Wunder dar. Die Blues mit ihrer hohen Geburtenrate waren das einzige Milchstraßenvolk von Bedeutung, das konsequent auf billiges Massenmaterial setzte.
Die vorliegende Version des Leichten Kampf- und Spähgleiters war für den Hochgebirgsbetrieb umgerüstet. Mit den Rorix-Maschinen ließen sich 300 Stundenkilometer Geschwindigkeit erzielen. Kein sehr üppiger Wert, überlegte A'Mascer.
Die Außenwelt-Piloten starteten von Xim-Ier aus, sie pirschten sich entlang der unbewohnten, kargen Hänge des Hochgebirges vorwärts. Über 200 Stundenkilometer gingen sie nie. Je näher man den Massiven kam, desto größer wurde die Gefahr, von Auf- oder Fallwinden erwischt zu werden. Die positronische Kollisionsabfrage funktionierte nicht, und eine Niveauregulierung spendierte das Koshan-Werk nur für arkonidische und terranische Großkunden.
Durchschnittsflieger hätten die Prüfung im Tuoch-Gebirge, an den Hängen entlang, nicht bestanden. Daß sich kein Unfall ereignete, war ausschließlich auf die Klasse der Piloten zurückzuführen.
»Cevlington an Jägerstaffeln. Ennapy-Massiv voraus auf 15 Grad. Gemäß Einsatzplan ausschwärmen! Wir nehmen sie in die Zange.«
Es war ein wolkenloser Tag. Der Wetterdienst hatte eine Niederdruckfront gemeldet, deren Wirkung sie jedoch nicht berechnen konnten.
Ennapy ragte wie eine Brücke zum Himmel auf, bis auf

über 5000 Meter. Angesichts der Imposanz kam sich Seborian A'Mascer klein wie ein Insekt vor. *Ein Insekt allerdings, das sich gegen das Schicksal auflehnt. Eine Wespe, die PACET auf jede nur denkbare Weise bekämpfen wird.*

Der Landeplatz befand sich auf 3243 Metern Höhe. Er diente als Zwischenlandestation für den Fluglastverkehr, der das Tuoch-Gebirge überquerte. Tuoch-Mitte hatte keine andere Aufgabe, als ein bestimmtes Quantum Treibstoff, außerdem Nahrungsmittel und Medikamente für Notfälle vorrätig zu halten. Raumlandungen fanden selten statt. Die notwendigen Anlagen, so wie Hochenergiezäune, Hyperfunktürme und Systemortung, fehlten entweder oder waren demontiert.

Kirjandor führte seine Staffel weg vom 15-Grad-Kurs. Sie gingen das Massiv genau von der anderen Seite her an. Entsprechend verteilten sich Dunkersson, Farree, Htontas und die anderen Staffelführer.

Es dauerte eine halbe Stunde, den Gipfelbereich des Ennapy zu umfliegen. A'Mascer behielt mit steigender Unruhe den Himmel im Auge. Die angekündigte Niederdruckfront konnte nicht weit entfernt sein. Wolkenhaufen türmten sich zu diffusen Gebirgen.

»He, A'Mascer ...! Sehen Sie das Wetter?«

»Natürlich, Pat.«

»Wollen Sie nicht mit Kirjandor reden?«

»Nein.«

»Und wieso nicht?«

»Kirjandor und Cevlington sehen dasselbe wie wir. Alle besitzen dieselben Daten. Wenn der Einsatz abgebrochen wird, teilt es uns Cevlington mit. Ansonsten herrscht Funkstille.«

Keanogh zerbiß einen Fluch zwischen den Lippen. »Ich bin, beim großen Bàalol, kein Feigling, aber das hier wird uns Schwierigkeiten bringen.«

A'Mascer hörte nicht mehr hin. Ihr Ziel befand sich in Reichweite. Seine Maschine überwand das letzte Hindernis.

Exakt zeitgleich stießen aus fünf verschiedenen Richtungen die Jägerstaffeln auf Tuoch-Mitte hinab. Vor ihnen lag ein leerer Landeplatz. Auf den ersten Blick schien es kein Anzeichen von Leben zu geben.

A'Mascer ließ die Rorix unregelmäßig driften, ohne bestimmte Richtung. Heckenschützen – falls es welche gab – wurde das Zielen erschwert.

Das in den Stein gebrannte Plateau maß hundert mal hundert Meter. Für einen Raumhafen war das sehr wenig. Tuoch-Mitte erlaubte lediglich kleinen Einheiten eine Landung. Als einzige Gebäude erblickte A'Mascer eine Art Lagerhütte, anscheinend aus massivem Stein errichtet, und ein etwas größeres Wohn-, Lager- und Verwaltungsgebäude. Hätte sich Besatzung in den Häusern aufgehalten, man hätte zumindest einen Gleiter entdecken müssen. Eine andere Möglichkeit, den Hafen zu verlassen, gab es nicht. Es sei denn, dachte sich A'Mascer, in einem der Gebäude stand ein Transmitter. Aber selbst ein einfacher Transmitter kostete mehr Solar als sämtliche Hafengebäude zusammengenommen.

Schwer zu glauben, daß von hier die Kisten in Sleit Kerüm stammen. Irgendwas an der Sache stinkt.

Die Rorix gingen über dem Landeplatz in Stellung. Keanogh und die übrigen Schützen waren bereit, jeden Quadratzentimeter mit Thermoblastern unter Feuer zu nehmen.
Allein, nichts rührte sich.
»Cevlington an J-7 bis J-18«, erklang die sonore Stimme des First Leutnants per Interkom. »Kirjandor und Farree, Ihre Staffeln landen und durchsuchen Tuoch-Mitte. Alle anderen übernehmen aus der Luft die Sicherung. Das Kommando am Boden führt Leutnant Kirjandor.«
A'Mascer und die anderen gingen tiefer, sehr langsam, behutsam, und brachten die Rorix am Boden in Leerlaufstellung. Noch immer erfolgte keine Bewegung. Niemand reagierte. Es schien, als sei Tuoch-Mitte verlassen, als habe sich seit Jahren niemand in dem Gebiet aufgehalten.
A'Mascer öffnete das seitliche Schott der Maschine. Eisig kalte Gebirgsluft drang in die Kanzel. Er ließ das Triebwerk laufen.
»Keanogh? Sind Sie klar?«
»Bereit!«
»Dann raus!«
Zuerst sprangen die Schützen, aus sämtlichen Rorix zur selben Zeit, dann folgten die Piloten selbst, alle in leichte Schutzanzüge gehüllt.
Die Reihenfolge machte Sinn. A'Mascer verfügte über die Nahkampfausbildung der Solaren Flotte, wie jeder Andromeda-Veteran. In diesem Fall jedoch hatten die Bordschützen Vortritt. Sie waren für Landeunternehmen

ausgebildet; das hatte zu den Kriterien gehört, die sie für die Außenwelt-Piloten qualifizierten.

Verdrehte Sache. Ich rieche etwas, irgendeinen Mist.

Es gab keine Deckung.

Auf Kirjandors Zeichen stürmten sie das Hauptgebäude. Niemand befand sich im Inneren. A'Mascer hatte auch nichts anderes erwartet.

Dasselbe Bild bot sich im Lagerschuppen: niemand, nur die Vorräte und Kanister. Nichts wies auf die Anwesenheit irgendwelcher PACET-Leute oder verbotener Waren hin. A'Mascer war jetzt schon sicher, daß sie in Tuoch-Mitte nicht das geringste Indiz finden würden. Auf eine Weise, die er sich nicht erklären konnte, war der Einsatz von Grund auf falsch gelaufen.

»He, Leute!«

Die Tür nach draußen flog plötzlich auf. Es war Patrik Keanogh, der mit bleichem Gesicht in der Schwelle stand.

»Kommt raus, wir haben in den Felsen was gefunden.«

Eine heftige Bö wehte herein, die A'Mascer trotz seines Schutzanzugs spüren konnte. Das Unwetter würde nicht mehr lange auf sich warten lassen.

Die Außenwelt-Piloten stürmten hinter A'Mascers Schützen her, mit Topan Kirjandor an der Spitze.

In den Felsen stießen sie auf drei grauenhaft zugerichtete Körper. Die Leichen waren unbekleidet. Es fiel A'Mascer und den anderen nicht schwer, den Hergang zu rekonstruieren: Man hatte die Männer anscheinend ausgezogen, sie barfuß durch den Frost getrieben und schließlich mit Thermo-Nadlern hingerichtet.

»Da hatte jemand Spaß am Töten«, schloß Kirjandor mit versteinerter Miene. »Sie sind vorher gefoltert worden. Wer immer das getan hat, er hat offenbar ihren Gleiter mitgenommen und ist verschwunden. Aber wie lange mag es hersein?«

»Vor einigen Tagen wurden noch die offiziellen Fracht-Buttons an den Kisten angebracht«, erinnerte A'Mascer ihn. »Da haben die Männer noch gelebt.«

»Hört sich logisch an ... Aber sicher können wir nicht sein. Durch die Kälte hier oben verfallen die Körper sehr viel langsamer. Wann es geschehen ist, läßt sich ohne Obduktion nicht sagen. Wir lassen die Leichen liegen, ein Medo-Robot soll aus der KHEER einfliegen und sie scannen.«

A'Mascer hörte das Grollen, das aus dem Himmel drang. Die Lautstärke alarmierte ihn. Im ersten Moment hoffte er noch, es sei das Unwetter; dann wurde ihm bewußt, daß es sich nicht um einen natürlichen Vorgang handelte, sondern um den Donner kleiner Impulstriebwerke. Er starrte in den Himmel, konnte jedoch nichts erkennen. Eine Koshan Rorix – es schien Cevlington persönlich zu sein – feuerte breitgefächerte Thermosalven.

Warum? Geblendet preßte er die Augen zu. Als A'Mascer zum zweiten Mal hochblickte, tauchte aus dem Nichts ein fliegender Umriß auf. Eine energetische Hülle flammte auf, die vorher unsichtbar gewesen war. Es war ein Kampfgleiter, in einen Deflektorschirm gehüllt, plötzlich seiner Tarnung beraubt. Die Luft schien mit einemmal von Leben erfüllt zu sein. Sie kamen aus allen Richtungen ...

Über ihnen brach die Hölle los. A'Mascer fühlte sich in einen Alptraum detonierender Raketen versetzt, in ein Höllenfeuer aus leichten Thermo- und Desintegrator-Kanonen.

»In die Maschinen!« brüllte Cevlington per Funk.

Topan Kirjandor, der massige Pirostaner, setzte sich wie ein Panzer in Bewegung. Ein vollgeschneuztes Papiertaschentuch, sein Markenzeichen, trug der Wind flatternd davon.

A'Mascer folgte Kirjandor. Er war sicher, noch niemals in seinem Leben mit Schutzanzug so schnell gerannt zu sein.

»Keanogh!« schrie er. »Pat! Wo, zum Teufel, sind Sie?«

»Hier!« brüllte Keanogh zurück.

A'Mascer sah neben sich einen Mann zusammenbrechen, von einer Thermosalve in Asche verwandelt. Es war nicht Keanogh, sondern ein anderer. Eine Bö blies die Leichenteile fort, jedes Fragment in eine andere Richtung.

Mit einem Hechtsprung erreichte er seine Rorix.

Keanogh folgte kurz darauf. Er hinkte, schien aber nicht verletzt zu sein. Ihre Gurte schlossen automatisch. J-12 stieg in rasendem Alarmstart auf.

»Cevlington spricht!« tönte die Stimme des First Leutnants durch den Äther. Er klang erstaunlich ruhig, und das, obwohl A'Mascer seine Maschine im Luftkampf mit zwei Gleitern verstrickt sah. »Wir sind der Übermacht nicht gewachsen. Order an alle Einheiten: Auf eigene Faust bis Xim-Ier durchschlagen!«

PACET-Leute, ausnahmslos. Ein verdammter Hinterhalt!

A'Mascer ließ die Rorix zur Seite gleiten, dann im Rückwärtsflug bis kurz vor die Felsen, und hängte damit eine Kampfmaschine ab, die vor ihm aus dem Getümmel schoß.

»Pat! Feuer!«

Keanogh schoß eine Feststoffrakete ab. Es war ihre einzige. Die Rakete drang durch den fremden Schirm, der auf energetisches Feuer eingerichtet war. Eine Explosion putzte die Kampfmaschine vom Himmel.

Die Übermacht der PACET-Leute war erdrückend, viel zu groß. Mit unterlegenem Material besaßen die Außenwelt-Piloten keine Chance. A'Mascer steuerte nach vorn, über das Landefeld Tuoch-Mitte hinaus. Er ließ die Rorix mit desaktiviertem Antigrav den senkrechten Abhang hinunterstürzen.

»Sind Sie verrückt?« brüllte Keanogh.

Das Manöver barg enorme Risiken, weil niemand die Strömungsverhältnisse am Hang berechnen konnte. Eine Sekunde lang war die Welt zweigeteilt, links die Wand, rechts eine sich verengende Schlucht. A'Mascer fing die Rorix im letzten Moment ab.

Das Schlachtgetümmel blieb zurück. Einige Maschinen folgten ihm, sie versuchten exakt denselben Trick. Einer der Piloten hatte Pech: Seine Rorix zerschellte an der Felswand. Die Kanzel löste sich in Splitter auf, irgendwo dazwischen die Körper der Besatzung, aufgelöst in Fetzen von Gewebe.

Den Aufprall der Zelle bekam A'Mascer nicht mehr mit. Direkt hinter ihm war eine Maschine, praktisch an sein Heck geklebt.

»Das ist Kirjandor!« schrie Keanogh neben ihm. »Sieht aus, als ob er einen Schaden am Rumpf hätte. Scheint aber nicht bedrohlich zu sein.«

A'Mascer ignorierte die Meldung. Kirjandor mußte allein über die Runden kommen. Es war noch nicht vorbei. Gemeinsam mit dem Pirostaner und zwei weiteren Maschinen hielt er auf die sich nähernde Wetterfront zu. Eine Meute PACET-Gleiter verfolgte sie.

Unter normalen Umständen brachte die Rorix-Version, die A'Mascer flog, nicht mehr als 306 Stundenkilometer. Im extremen Bahnneigungsflug kitzelte er 370 heraus; immer noch weniger als die PACET-Gleiter.

Der erste Pechvogel war ausgerechnet Kirjandor. A'Mascer und Keanogh sahen ohnmächtig zu, wie der Pirostaner in ein Seitental abgedrängt wurde, umgeben von sechs Verfolgern. Keanogh feuerte ein paar Schüsse ab, doch es hatte keinen Sinn.

Keine Chance. Vorbei, Kirjandor. Keine blöden Vurguzz-Späße mehr. Deine Triefnase wird mir fehlen. Wie konnte ein Pirosta-Bär sich von einer Erkältung unterkriegen lassen? Und jetzt von diesen Anfängern, die bloß die besseren Maschinen haben ... Welch ein Irrsinn!

A'Mascer spürte einen dicken Kloß in der Kehle. Ihm kam der Gedanke in den Sinn, daß Kirjandor sich absichtlich opferte. Was, wenn ihr Staffelführer die PACETS gezielt abgelenkt hatte? Damit A'Mascer und die zwei anderen den Abflug schafften?

Seine Wangen fühlten sich feucht an, ohne daß er bemerkt hätte, wie es dazu gekommen war.

Im selben Moment tauchte J-12 in die Wetterfront.

A'Mascer fühlte sich gepackt, umhergewirbelt, von Blitzen umgeben. Keanogh murmelte Anti-Beschwörungsformeln, eine Art rituelle Vorbereitung auf den Tod. Die Koshan Rorix legte sich in irrwitzige Manöver, für die sie nicht konstruiert war. Ein primitiver Orterschirm war seine verläßlichste Orientierungshilfe. Verwaschen sichtbare Felswände rückten oft bedrohlich nahe, Leben und Tod hingen an Bruchteilen von Sekunden.

Die PACET-Gleiter waren längst verschwunden. Vielleicht abgestürzt, hoffte er, möglicherweise auch in denselben Schwierigkeiten.

Seine Gesamtreichweite betrug 620 Kilometer. Etwas über die Hälfte davon hatte er verbraucht, und A'Mascer wußte nicht, wo er sich befand. Keanogh koppelte sämtliche Waffensysteme ab, um Treibstoff zu sparen. Die Rorix vollführte Sprünge über hundert Meter aufwärts, trudelte dann wieder fünfzig Meter ab.

Die Achterbahnfahrt strapazierte seine Magennerven bis ans Limit. Und das, obwohl er ein erfahrener Pilot war. *Verdammt! Wenn ich kotze, ist es gelaufen.* Wie er die Beherrschung behielt, hätte er hinterher nicht sagen können. A'Mascer würgte, aber er brach nicht.

Sie brauchten eine halbe Stunde, dann hörte es plötzlich auf. Der Sturm ließ nach und endete so schnell, wie er gekommen war. Wie durch ein Wunder hatten sie überlebt, mit blauen Flecken und zerschrammten Knien.

A'Mascer und Keanogh stellten ihre Position fest. Mit den letzten Milligramm Stützmasse trudelten sie auf dem Landefeld ein.

Von dreißig gestarteten Maschinen waren gerade neunzehn zurück, darunter Dunkersson, Htontas und Farree.
Cevlington kam zur selben Zeit wie A'Mascer herein. Seine Rorix wies unzählige Einschußspuren auf. Die Maschine war in mitleiderregendem Zustand. Es sprach für König Ceteros Qualität, daß er sie dennoch zur Basis gebracht hatte.
»Bloß raus hier, Pat! Alles okay?«
»Logisch. War ein ziemlicher Ritt, A'Mascer. So was macht man im Leben nur einmal mit.«
»Weil man meistens dabei stirbt. Wir haben verdammtes Glück gehabt.«
Die überlebenden Schützen und Piloten sammelten sich draußen. Es war die größte Anhäufung von kalkweißen Gesichtern, die A'Mascer unter Jäger-Profis bislang erlebt hatte; schlimmer noch als nach mancher Schlacht in Andromeda.
Cevlington fragte: »Was ist mit Kirjandor?«
»Abgedrängt«, antwortete A'Mascer tonlos. »Topan war eine Weile hinter mir. Dann kamen die PACET-Gleiter. Er hatte keine Chance.«
»Schlimm.«
Für den ewig beherrschten Cevlington schien das der schärfste mögliche Ausdruck zu sein. Andere machten sich weniger stilvoll Luft.
Die Außenwelt-Piloten stellten sich in den eiskalten Wind, legten die Hände über die Augen und starrten Richtung Süden in den Himmel. *Nichts. Alles frei über dem Hochgebirge.* Eine Weile sahen sie den Raubvögeln

zu, die weit entfernt in der Thermik kreisten. Ihre Hoffnung näherte sich dem Nullpunkt. Und dann, längst nicht mehr erwartet, mischte sich ein stotterndes Motorengeräusch in die Stille über dem Tuoch. Es war eine Koshan Rorix.

Cevlington schluckte heftig. »Das wird doch nicht ...?«

Es war die J-7. Unbeschreiblicher Jubel brach los. Topan Kirjandor, der Teufelskerl von Pirosta, hatte irgendwie den Durchbruch noch geschafft, auch wenn sich niemand vorstellen konnte, wie so etwas möglich war.

»Meine Herren, Operation Tuoch-Mitte war ein vollständiges Desaster.«

Caneron Laurents schritt im Kartenraum auf und ab. Sämtliche Personen, die in irgendeiner Form an der Mission mitgewirkt hatten, hockten wortlos um ihn herum.

»Ich bin nun absolut sicher«, führte der Kommandeur aus, »daß wir in der KHEER einen Spion sitzen haben. Vorher war es nur eine mögliche Erklärung unter vielen. Jetzt ist es Gewißheit. Die Niederlage im Fischerei-Hafen war von PACET exakt geplant. Die Kisten an Bord waren nichts anderes als ein fingierter Hinweis. PACET wollte unsere Leute dort erwischen, wo sie verwundbar sind: in einem Hinterhalt und gegen hohe Übermacht, in schwerstem Gelände, ohne Unterstützung aus dem Weltraum. Tuoch bot den idealen Schauplatz.«

Gemurmel erhob sich, das Laurents jedoch mit einem scharfen Blick erstickte.

»Verzeihung, Sir«, ließ sich Topan Kirjandor vernehmen,

»wieso dann noch die Jägerstaffel in Sleit Kerüm? Das waren immerhin Lo-2-3-Maschinen. Wir haben fast alle abgeschossen!«
»Nur ein Bauernopfer«, erläuterte Laurents zornig. »Man wollte es uns nicht *zu* leicht machen. Sonst hätten wir ja Lunte gerochen. Nein, wir mußten uns den Hinweis auf Tuoch schwer erkämpfen und waren deshalb bereit, bedingungslos der Spur zu folgen. Zehn meiner besten Piloten und zehn Bordschützen sind tot. Das ist eine bittere Bilanz, auch wenn PACET natürlich lieber die ganze Ernte eingefahren hätte. – Meine Herren, wir beginnen noch einmal bei Null. Verlassen wir uns auf die Geheimdienste. Wenn sie uns keine neue Spur liefern, sind wir in gewisser Weise handlungsunfähig.«
Kim Dunkersson erhob sich ruckartig.
»Das kann nicht sein, Sir!« rief der junge Alkaner. »Wir müssen doch irgendwas tun können!«
Laurents lächelte andeutungsweise.
»Ruhig, Dunkersson, ruhig ... Sie sind mir eine Spur zu nervös ... Richtig, setzen Sie sich erst mal wieder hin. Ja, wir können und werden etwas tun. In zwei Tagen sind die zwanzig Microstriker-Jäger fertiggestellt. Dann ändert sich unser Vorgehen. Ich benenne gleich im Anschluß die Microstriker-Piloten und fünf Staffelführer.«
Laurents zog eine Liste aus seiner Kombination. Die Männer im Kartenraum hielten den Atem an. Sie warteten in gebannter Stille.
Seborian A'Mascer hoffte inständig, daß er ein Cockpit erhalten würde. Er *wollte* diesen Striker fliegen.

Ansonsten, dachte er, hätte man ihn nicht holen müssen. Er wäre bei Orchida Caryol geblieben, und er hätte ... Unsinn! Er wäre in jedem Fall gekommen. Fast hätte er über sich selbst gelacht. Die Situation schien ihm jedoch nicht zum Lachen zu sein.
Laurents besaß immer noch die Möglichkeit, personell aus dem vollen zu schöpfen, trotz der Opfer von Tuoch. Die ersten zehn Namen wurden genannt:
»... Meferos, Gumphrey, Pazuta, Ledroit, Z'gabe, Giurgy. Sie sind auf jeden Fall dabei. Meinen Glückwunsch.«
A'Mascers Gesicht verfinsterte sich. Sein Name war nicht darunter. Keiner der genannten Piloten war besser als er, auch nicht Giurgy, noch weniger Z'gabe, Meferos oder Pazuta.
»Ich benenne nun die Staffelführer. Striker-Staffel eins: Kim Dunkersson. Striker-Staffel zwei: Dean Noah Farree. Nummer drei: Topan Kirjandor, meinen Glückwunsch. Vier: Cetero Cevlington, selbstverständlich. Und Striker-Staffel Nummer fünf ...« Der Blick des Kommandeurs wanderte durch den Raum, verweilte nirgends länger – und blieb dann an Seborian haften. »A'Mascer, ich freue mich. Ich ernenne Sie zum Führer der fünften Staffel. Alle Striker-Staffelführer werden hiermit zu Captains der Außenwelt-Piloten ernannt. Sie unterstehen damit ausschließlich mir direkt. Meine Herren, Sie dürfen sich zurückziehen.«
A'Mascer spürte, daß sein Herz bis zum Hals klopfte. Er hatte Angst, daß er rot geworden war. Es fiel ihm schwer, sich zu beruhigen, und er ließ bewußt einige

Sekunden verstreichen, bis er wieder den Blick hob.
Captain A'Mascer. Wenn das kein klangvoller Name ist! Ihm fiel auf, daß Marmoud Htontas unter den neuen Captains fehlte. Sosehr es ihm für den Anti leid tat, Laurents' Maßnahme schien A'Mascer richtig. Ein Captain durfte sich nicht von religiösen Motiven leiten lassen, wie es Htontas als Anti nachgesagt wurde.
Jemand schlug A'Mascer auf die Schulter. Es war Keanogh.
»Bleibe ich Ihr Schütze, Captain? Das können Sie mir nicht abschlagen, oder?«
»Nein, Pat, sicher nicht. Sie sind dabei.«
A'Mascer bewegte sich wie in Trance. Er verspürte ein Triumphgefühl, das er für sich allein auskosten wollte. Nur ein Wermutstropfen verleidete ihm das Glück des Augenblicks: Sie hatten einen Spion an Bord, und keiner wußte, wer es war.

5

Das Trägerschiff KHEER startete am selben Tag in den Orbit durch. Sie verließen das Whaan-System mit einer Linearetappe. Im freien Weltraum machten sie Station, kurz außerhalb des Sternhaufens Borghenhall, ein Lichtjahr von der nächsten Sonne entfernt. Dort waren sie ungestört. Laurents hegte kein Interesse daran, seine

taktische Palette vor aller Welt auszubreiten.
In der Nacht erzitterte der Träger mehrere Male hintereinander, in einer Mischung aus Infraschall und kreischenden Lauten. Montagegeräusche hallten in der KHEER wider.
Die neuen Captains erhielten etwas, das an Bord des Trägers ein begehrtes Gut war: nämlich eine Einzelkabine. A'Mascer schlief so ruhig wie lange nicht mehr.
Er wachte zeitig am nächsten Morgen auf. Kribbelnde Erregung erfaßte alle, die die Striker noch nicht gesehen hatten – während Laurents mit einem immerwährenden, feinen Lächeln durch die Zentrale spazierte.
Gegen Mittag gültiger Bordzeit ertönte das Signal. Laurents ließ die Landeplattform der KHEER mit einem Prallschirm überziehen. Die entstandene Glocke aus Energie wurde mit Atemluft gefüllt. Der Kommandeur und seine Piloten fanden sich an Deck des Trägers ein. Durch halb geöffnete Türen und Schießscharten lugten die anderen, vom kleinsten Mechaniker bis zu den Waffenoffizieren. Lediglich eine Notmannschaft besetzte noch die Zentrale, für den nicht sehr wahrscheinlichen Fall eines Angriffs im freien Weltraum.
Aus dem Rumpf des Trägerschiffs kamen der Reihe nach zwanzig Maschinen zum Vorschein. Ein mobiler Antigravkran förderte sie aus ihren Verschlägen zutage. Es waren die elegantesten Raumjäger, die A'Mascer je gesehen hatte, auffallend klein und zierlich.
Äußerlich ähnelten sie terranischen Moskito-Jets, wie er sie aus dem Andromeda-Feldzug kannte. Allerdings sah

die Triebwerks-Sektion deutlich schmaler aus. Miniaturisierte Linearkonverter waren nicht eingebaut; natürlich nicht, fügte A'Mascer in Gedanken hinzu, so etwas hatte er nur an Bord der CREST III erlebt. Dafür lag die Länge über alles bei weniger als zwanzig Metern.
Der schlanke Rumpf lief nach vorne spitz zu und mündete in eine Abstrahlvorrichtung. Im ersten Moment dachte A'Mascer noch, er hätte eine Transformkanone vor sich. Aber das war ein Trugschluß; *nur ein dummer Gedanke.* Rhodan und Mercant hätten die tödlichste aller Waffen niemals an Borghenhall weitergegeben.
Er begriff, daß er statt dessen eine Thermokanone vor sich hatte, ein großes Kaliber. Hinzu kamen Dreiecksflügel für den Atmosphärenflug, voll bestückt mit Desintegratorgeschütz, Hyperortungsantenne und einer Menge Kleinkram, auf den er sich keinen Reim machen konnte.
Eine Crew aus Mechanikern und Ingenieuren besorgte letzte Handgriffe. A'Mascer versuchte, sich kein Detail entgehen zu lassen.
»Beschleunigung: 580 km/s^2«, erklärte Laurents stolz, als hätte er die Striker selbst gebaut. »Entsprechende Andruckabsorber und Energiewandler eingeschlossen. Das kann sich fast schon mit Maschinen der Solaren Flotte messen. Diese kleinen Teufel fliegen selbst bei einem Hypersturm stabil. Die eingebauten Positronik-Autopiloten sind nicht nur im All, sondern auch an den Oberflächen verschiedenster Planeten brauchbar. Zur Not heißt es nur noch Augen zu und warten, was der Autopilot anstellt.

Zielerfassung und Zielzuweisungsgeräte sind technische Revolutionen. Unsere Borghenhall-Striker besitzen einen schweren Defensiv-Schirm und ebenso schwere Offensiv-Bewaffnung. Nur mit den Flugeigenschaften gibt es noch Probleme; man könnte sie als ... nun, ein wenig kritisch bezeichnen. Deshalb benötigen wir die besten Piloten. Die Typbezeichnung lautet übrigens *Microstriker BH-2420.*«

Erklärungen von der Sorte hatte Laurents endlos auf Lager. A'Mascer zweifelte nicht daran, daß er aus dem Stand in einen Microstriker steigen und davonfliegen konnte.

Seine Achtung vor dem Kommandeur wuchs. Er wußte genau, wie schwierig es war, sich ohne praktische Erfahrung mit diesen Dingen vertraut zu machen.

Der Pilot saß im Striker hinten, in erhöhter Position; während der Schütze vorn Platz nahm. Die Maschine ließ sich auch im Alleinflug beherrschen. Man war auch dann noch eingeschränkt gefechtsklar, wenn die Positronik den Schützen komplett ersetzen mußte.

Der Striker verfügte über einen extrem schlanken Rumpf. Das brachte einige Vorteile – allerdings auch den Nachteil der beengten Platzverhältnisse. Mit den zwei Triebwerken, der Besatzung, der Versorgungs- und der Waffentechnik war der Jäger praktisch ausgefüllt.

Rettungs- und Transportmissionen ließen sich mit dem Microstriker nicht durchführen, es sei denn im Soloflug, wenn ein Sitzplatz frei wurde.

Die Techniker hatten eine Vorrichtung integriert, die im Microstriker ihre Premiere erlebte. Der Rumpf barg vier

miniaturisierte Variplast-Kokons. Im Notfall wurden sie hervorgeschleudert, bliesen sich auf und konnten als luftdichte Rettungssitze verwendet werden.
Ein Microstriker erreichte mit ausgefahrenen Kokons nicht mehr die volle Geschwindigkeit. Andruckintensive Manöver waren nur bedingt möglich. Jeder Striker verfügte mit den Kokons jedoch über eine zusätzliche Option, und das war es, worauf A'Mascer den größten Wert legte.
»Was kosten unsere neuen Vögel eigentlich pro Stück, Kommandeur?«
Laurents lachte, in bester Laune. »Über 70 Millionen Solar, Captain A'Mascer. Deshalb auch nur zwanzig Stück. Mehr als diese Exemplare wird es bei uns niemals geben. Dadurch, daß sie sich ausnahmslos an Bord der KHEER befinden, gelangen sie vor allem niemals in die Hände von PACET.«
»Dürfen wir einsteigen?«
»Sobald Captain Dunkersson seinen Fleischklops aufgegessen hat ... Und was ist das? Captain Kirjandor! Sie trinken doch wohl keinen Vurguzz im Dienst?«
Der Pirostaner ließ fast seinen Wasserbecher aus Pappe fallen.
»Sir!« rief er empört. »Ich trinke *niemals* ...«
»... niemals Vurguzz, und im Dienst schon gar nicht«, vollendete Laurents launig. »Bitte entschuldigen Sie. Manchmal reitet selbst den erfahrensten Kommando-Offizier der Schalk. Und noch etwas, Kirjandor: Legen Sie endlich Ihre verdammte Triefnase trocken! Ich hoffe nur, daß dieser ferronische Schnupfen nicht ansteckend

ist. Ich kann mir keine Epidemie unter meinen Toppiloten leisten.«

Die Überlegenheit der Microstriker erwies sich im Übungsbetrieb. Laurents ließ Luft- und Raummanöver pauken, bis A'Mascer ihn verfluchte. Die Außenwelt-Piloten kreuzten in den Schwerkraftfeldern lokaler Sterne, sie flogen durch Asteroidenfelder, automatisierten jeden Handgriff. Zwei Drittel des Aufwandes schien reine Schikane zu sein. Dieselben Fähigkeiten hätte man sich in der Solaren Flotte bedeutend schneller angeeignet; dort wurden zur Ergänzung Hypnoschuler verwendet. Im Sektor Borghenhall wurde auf die alte Art gelernt, mit Blut, Schweiß und Tränen.
Die Wartezeit dehnte sich langsam, am Ende auf mehr als zwei Wochen. Im stillen verfluchte A'Mascer den Kommandeur. *Elender Folterknecht!*
Als er schon anfing, nachts nicht mehr an den Microstriker, sondern wieder an Orchida Caryol zu denken, kam das ersehnte Signal. Es wurde höchste Zeit. Er hätte es nicht mehr lange ausgehalten.
Laurents beorderte die KHEER nach Borghenhall zurück. Die Trainingsphase war vorüber. Sie konnten zum Einsatz übergehen – jedenfalls theoretisch. In der Praxis existierte nach wie vor keine Spur der PACET-Organisation, die sie hätten verwerten können.
Auf den Spion an Bord erhielten sie keinen Hinweis. Zweifellos hatten Spezialisten im Trägerschiff längst ihre verdeckte Arbeit aufgenommen; Laurents als ehemaliger SolAb-Oberst beherrschte sein Metier. A'Mascer bekam

jedoch nichts davon mit. Er nahm sich nur vor, die Augen offenzuhalten.
Von Tag zu Tag offenbarte Laurents größere Anzeichen seiner Nervosität. *Untätig auf dem Trägerschiff hocken, nicht jedermanns Sache. Wir fliegen zumindest noch. Aber er? Hockt im Träger und wartet bloß.* Wenn es etwas gab, das für Abwechslung sorgte, so waren es zufällige Ereignisse. – A'Mascer vereitelte einen Akt von Piraterie, in Zusammenarbeit mit Cevlington und Dunkersson, zwanzig Lichtjahre von Whaan entfernt. – Htontas und Kirjandor deckten einen Drogentransport auf, der von Pont Selimor zum Dreiplanetenbund unterwegs war. Damit endete die kurze Liste bereits.
Aber auch diese Phase dauerte nicht ewig. Anfang November traf der sehnlichst erwartete Marschbefehl ein.
An Bord der KHEER war die Nachtwache ausgerufen. A'Mascer erwachte aus tiefem Schlaf, wie die meisten anderen, gewarnt durch das Anspringen der Impulstriebwerke. Ein tiefes Dröhnen lief durch die Zelle des Trägerschiffes.
Bevor noch das Wecksignal ertönte, trug er bereits seinen Overall. Binnen zehn Minuten versammelte sich die Führungscrew der Außenwelt-Piloten im Kartenraum. Laurents setzte eine gewichtige Miene auf.
»Es ist soweit, meine Herren. Die Geheimdienste haben eine Spur aufgenommen, der wir folgen können. Wir glauben, daß PACET überall in Borghenhall derzeit ihre Geschäfte ausgesetzt hat. Besser gesagt: einen Teil ihrer Geschäfte. Es finden *keine* Diebstähle von High-Tech

mehr statt. *Keine* Operation mehr, die wirklich fähige Leute erfordert. Unser Gegner befindet sich deshalb nachweislich in einer akuten Finanznot, und zwar seit einigen Wochen.«

»Weshalb handelt PACET so?« fragte Dunkersson. »Das macht keinen Sinn, Kommandeur.«

»Es macht sehr wohl Sinn. Wir sehen darin eine Art Atemholen. PACET bereitet nach Ansicht der Geheimdienste einen entscheidenden Schlag gegen die politische Struktur in Borghenhall vor. Die guten PACET-Leute sind keineswegs im Urlaub, sondern sie werden für irgend etwas benötigt.«

A'Mascer erinnerte ihn respektvoll: »Sie sprachen von Finanznot, Kommandeur ...«

»Richtig.« Laurents strich seine grauen Haare zurück. Er nahm eine unruhige Wanderung durch den Kartenraum auf. »Die monetäre Krise wird derzeit von den Unterorganisationen der PACET aufgefangen. Sämtliche alteingesessenen Ganovenringe sind beteiligt – nicht zuletzt die Drogenkönige von Pont Selimor. Dort setzen wir an. Die KHEER befindet sich in diesem Augenblick auf dem Weg ins Selimor-System.«

»Wenn ich mir die Frage erlauben darf«, meinte Cevlington, »wie sieht unsere Einsatzmöglichkeit dort konkret aus? Der Krieg gegen die selimorischen Drogenbosse läuft doch schon seit Jahrzehnten. Niemand hat es auch nur ansatzweise geschafft, die Giftküchen zu zerschlagen.«

Laurents legte die Stirn in tiefe Falten; die mit jedem Schritt, den er durch den Kartenraum tat, tiefer wurden.

»Sie haben recht, Cevlington. Es ist auch nicht unsere Aufgabe, das zu tun. Wir nehmen lediglich einen der mächtigsten Bosse des Syndikats aufs Korn. Guan Masino, einen Großdealer der übelsten Sorte. Einer, der sich auch gern mal selbst die Finger schmutzig macht ... Aus Spaß, wie man hört, und weil es bei Übung hält. Masino soll uns den Weg zu PACET zeigen. Die Straßenpreise für Selimor-Gift klettern ständig. Die Alkanische Abwehr hat herausgefunden, daß Masino derzeit horrende Summen an PACET abführen muß; übrigens wird die Information vom Kommando Pirosta bestätigt. Aber keiner weiß genau, an wen das Geld geht, und vor allem nicht, auf welchem Weg. Das herauszufinden ist die Aufgabe der Außenwelt-Piloten. Die Buchhalter brauchten einige Wochen, bis die Finanztransfers durchleuchtet sind. *Wir* dagegen machen es auf die gute alte Art: nämlich mit Gewalt.«

»Wieviel Zeit bleibt uns?« fragte Dunkersson.

»Wir nehmen an, daß PACETS Schlag in kürzester Zeit erfolgt. Ich persönlich bin davon überzeugt, daß die Aktion auf Pont Selimor unsere einzige Chance sein wird. Danach dürfte es zu spät sein.«

Die KHEER fiel aus dem Linearraum. Unter energetischem Getöse, das keinem Ortergerät entgehen konnte, schwenkte das Schiff in einen stationären Orbit ein.

Laurents erklärte per Hyperfunk, man habe einen Maschinenschaden erlitten, im Trägerschiff werde fieberhaft an der Reparatur gearbeitet.

A'Mascer, Dunkersson, Cevlington und die anderen

bereiteten ihren Einsatz sorgfältig vor.

Pont Selimor war ein klimatisch stabiler, urwelthafter Dschungelplanet. In den gemäßigten Zonen lebten Abkömmlinge von Terranern und Arkoniden – brüderlich vereint, mit dem Ziel, keine wie auch immer geartete Gesetzgebung zu akzeptieren. Die selimorische Regierung war nicht mehr als eine Farce. Ihre Aufgabe bestand darin, die übrigen Borghenhall-Mächte auf Distanz zu halten. Thoben-6, der Dreiplanetenbund, Quynglor, sie alle wurden vom Selimor-Gift heimgesucht, ohne sich wehren zu können. Es sei denn militärisch; aber ein Angriff wäre im betont friedlichen Borghenhall nicht denkbar gewesen.

Jeder wußte das, jeder hielt sich daran. Niemand wäre auf die Idee gekommen, die KHEER bereite womöglich einen militärischen Schlag vor. Aber genau das war es, was geschehen sollte, und zwar in einem kleinen, unauffälligen Rahmen.

Guan Masino – ein Terra-Abkömmling – residierte auf dem größten Kontinent, am äußersten nördlichen Zipfel. In seinem kleinen Reich verfügte er über eine entwickelte Infrastruktur. Dazu gehörten einige hundert Lohnempfänger, eine Anzahl Frachtgleiter, knapp vierzig illegale Giftküchen mitten im Dschungel.

Der Alkanische Dienst und das Kommando Pirosta hatten lückenlose Arbeit geleistet. Man verfügte nur nicht über das Recht, Masino offen anzugreifen. Pont Selimor war eine autonome Welt.

Hinzu kam die Tatsache, daß das Syndikat sich seiner Haut zu wehren wußte. Es war nicht einfach, einen extrem variablen Gegner in die Knie zu zwingen. Die Giftküchen konnten blitzartig ab- und wieder aufgebaut werden, und zwar an jeder beliebigen Stelle im pontselimorischen Urwald.

Lediglich das Hauptquartier blieb immer an Ort und Stelle.

Masinos Residenz lag 150 Kilometer von der Küste entfernt, nördlich der kontinentalen Hauptstadt. Sie studierten das Gelände anhand von Luftaufnahmen, die eine Sonde der KHEER für sie angefertigt hatte. Hinzu kam das Datenmaterial der Geheimdienste, außerdem ein komplettes Rasterprofil, das sämtliche Energiequellen zeigte.

Es handelte sich um eine waffenstarrende Festung. Der Aufwand galt allerdings nicht einem möglichen Angreifer aus dem All, sondern allein den Konkurrenten im Drogenhandel.

Der Giftkönig des Nordens besaß eine eigene kleine Leibwächterarmee, sogar Thermogeschütze und eine bestens funktionierende Orteranlage. Man konnte davon ausgehen, daß ihm Schutzschirmprojektoren zur Verfügung standen.

Die Gegend ringsum bestand aus schroffem Fels, nur teilweise bewaldet, und wies starke Höhenunterschiede auf. Das Wichtigste schien zunächst ein schmaler Cañon zu sein, an dessen Hang sich Masinos Burg erhob. Ein Teil des Gebäudes ragte wie ein Dach über den Cañon hinweg. Auf dem Grund floß ein Gewässer; mit Strömungen von der unregelmäßigen, tückischen Sorte. Jeweils vor und hinter

dem Standort der Burg existierten Stromschnellen.
Laurents erwog anfangs, die Burg von unten anzugreifen. Statt der Microstriker hätte er Landetruppen in Kampfanzügen eingesetzt. Dann aber stufte er das Risiko als zu hoch ein. Landetruppen kamen niemals ohne Opfer davon, und Laurents war keiner, der seine Leute in den Tod schickte.
»Meine Herren, wir greifen mit den Microstriker an. Die Taktik erstellt sich quasi von allein. Wir werden uns Masinos Burg von Süden nähern. Dort sind die größten Höhenunterschiede, die meisten unterschiedlichen Geländemarken. Gute Orter lassen sich auf diese Weise natürlich nicht täuschen. Wir hoffen jedoch darauf, daß die Wächter sich eher auf ihre Augen als auf Geräte verlassen.«
»Wie schalten wir die Thermokanonen aus, Sir?« fragte Dunkersson.
»Auf konventionellem Weg. Ihre Bordpositroniken werden mit allen notwendigen Daten gespeist. Versuchen Sie, die Geschütze abzuschießen, bevor man *Sie* erwischt. Wir verlassen uns darauf, daß die Bedienungsmannschaften bei Nacht gehandicapt sind.«
Seborian A'Mascer hob erstaunt die Augenbrauen.
»Bei Nacht, Kommandeur?«
Laurents grinste. »Richtig! Vergaß ich etwa, das zu erwähnen? Die Mission findet gegen vier Uhr morgens Ortszeit statt. Psychologisch ist das der günstigste Augenblick. Diejenigen Wächter, die Wache halten sollen, sind praktisch halb eingeschlafen. Das hier ist finsterste Außenwelt, bedenken Sie das, meine Herren.

Hier passiert nic etwas. Und die, die wach werden, stürzen heraus und vergrößern die Verwirrung.
Die Hauptarbeit wird natürlich von den Microstriker geleistet. Anschließend folgen sechs CC-70 Cosmo-Sheep mit Landespezialisten. Diese Männer gehen runter und sammeln auf, was übrig ist.
Vermeiden Sie jedes unnötige Opfer. Wir dürfen nicht sinnlos Porzellan zerschlagen, sonst stoppen uns irgendwelche Untersuchungskommissionen, bevor wir PACET haben. – Meine Herren, alles klar?«
Laurents schaute in die Runde. Es gab keine Fragen mehr.
»Gut. Kommen wir zu den Details der Operation.«

A'Mascer klappte das Visier seines SVS, seines *Striker Vision Systems*, über den Kopf. Der Bordreaktor und das Impulstriebwerk erwachten zu dröhnendem Leben. Keanogh zählte einen Countdown herunter, der nicht notwendig war, aber die Nervosität bekämpfte.
Die zwanzig Microstriker BH-2420 wurden um 3.10 Uhr planetarer Ortszeit von den Start-Tuben des Trägers ausgestoßen. Antriebslos wurden sie vom Schwerefeld des Planeten eingefangen und nach unten gezogen. Um die nötige Fallgeschwindigkeit zu erreichen, halfen sie mit chemischen Notdüsen nach. Das Impulstriebwerk arbeitete im Leerlauf, weil seine Tätigkeit zu leicht zu orten war.
Es war ein seltsames Gefühl, im freien Fall den Planeten Pont Selimor näher rücken zu sehen. Anfangs erblickte A'Mascer vor sich noch die Tagseite, dann wanderte die

Librationszone zwischen Helligkeit und Nacht zur Seite weg. Am Ende war nur noch eine schmale Sichel aus Licht übrig.
Ganz nahe, im Licht der Sterne gerade zu erkennen, bewegten sich in Formation die drei Maschinen seiner Staffel. Keine wich vom berechneten Kurs ab. Die Microstriker fielen bis auf dreißig Kilometer Höhe über dem Boden. Im selben Moment brannte die KHEER ein energetisches Leuchtfeuer ab; A'Mascer registrierte einen scharfen Ausschlag auf seinem Orterdisplay. Laurents ließ einen weiteren Maschinenschaden simulieren, der die Emissionen der Striker überdeckte.
Im selben Augenblick starteten aus dem Trägerschiff die CosmoSheep CC-70. A'Mascer wußte es, doch er konnte den Start trotz aktivierter Orter nicht erkennen. Und wenn er es nicht konnte, hoffte er, dann war es für die Leute an der Oberfläche erst recht nicht möglich.
Das Landekommando war auf dem Weg, mit der eingeplanten Verzögerung. Bis die Männer eintrafen, mußten die Microstriker ihren Job erledigt haben.
Sie tauchten durch die Wolkendecke. A'Mascer fing den Sturz mit Antigrav und Impulstriebwerk ab. Seine Staffelpiloten waren neben ihm, und er nahm mit Erleichterung zur Kenntnis, daß keiner den Anschluß verloren hatte.
Mit nicht mehr als fünfhundert Kilometern pro Stunde passierten sie einen Dschungelgürtel. Sichtbares Licht existierte kaum, da eine dichte Wolkendecke das Sternenlicht verschleierte.
Sein SVS verwandelte die Landschaft in ein infrarotes

Abbild der Wirklichkeit. A'Mascer ließ den Striker in dreißig Metern Höhe über die Bäume schießen. Funkverkehr blieb auf ein Minimum beschränkt, um das Risiko einer Entdeckung zu verringern.
Keanogh flüsterte: »Vorsicht, Captain! Die Baumwipfel!«
»Ruhig, Pat. Ich werde sie nicht berühren. Die positronische Kollisionsabfrage ist aktiviert.«
»Wir sind zu tief!«
»Ich habe alles im Griff«, behauptete A'Mascer. Er war zu konzentriert, um eine Diskussion zu beginnen. Außerdem ließen Dunkersson, Kirjandor, Farree und Cevlington in derselben Höhe fliegen.
Exakt um 4.00 Uhr Ortszeit erreichten sie Masinos Festung. A'Mascer bremste die Maschine ab. Mitten in der Luft kam der Microstriker zum Stillstand. Sie hielten ihre Position mit Hilfe des Antigravs, das Impulstriebwerk brachte Leerlaufleistung.
Unter ihnen blinkten Lichter. Es war Masinos Burg, exakt wie vorausgeplant. Ein Teil des Bauwerks ragte über den Cañon, der um diese Zeit Wildwasser führte.
Blitzschnell handeln. Bevor jemand zum Überlegen kommt.
»Gefechtsklar?«
»Bereit.«
»Feuer, Pat!«
Keanogh betätigte die Desintegratorstrahler. Aus den Dreiecksflügeln der Striker schossen blasse, in der Dunkelheit kaum sichtbare Energiebahnen.
Der Effekt war umwerfend.

Die Scheinwerfer der Burg platzten wie wassergefüllte Luftballons. Keanogh und die anderen schalteten jedes sichtbare Licht aus.

A'Mascer stellte sich vor, er stünde selbst dort unten, in einer lauschigen Nacht, mit einer Prise Pont-Selimor-Gift in der Blutbahn, plötzlich von explodierendem Licht und Energiefeuer umgeben.

Mit dem nächsten Zug waren die Thermogeschütze dran. A'Mascer brachte den Striker in Stellung: Keanogh löste die starr montierte Kanone im Bug des Jägers aus. Ein armdicker Strahl sorgte sofort am Ziel für ein mittleres Inferno.

Dann das zweite Ziel. *Treffer.* Nummer drei, Nummer vier ...

Lediglich eines der Geschütze kam noch zum Feuern. Dunkersson hatte sich einen Fehlschuß geleistet. Das Abwehrfeuer verpuffte allerdings ungezielt, weitab von den Jägern der Außenwelt-Piloten. Dunkersson korrigierte seinen Fehler und sorgte für Ruhe, bevor etwas passieren konnte.

A'Mascer brachte seine Maschine direkt über die Festung. Niemand hielt sie auf. Unten herrschte blankes Chaos. Die Mündungsblitze, die vereinzelt aufflackerten, gehörten zu Handfeuerwaffen. Sie konnten den Microstriker BH-2420 nicht gefährlich werden.

Keanogh und die übrigen Schützen warfen Tränengas ab. Masinos Burg bot im SVS ein erbärmliches Bild. Cevlington erwischte den Hauptreaktor, bevor noch jemand auf die Idee kam, Schutzschirme hochzufahren. Eine heftige Explosion ereignete sich, von der A'Mascer

hoffte, daß sie nicht zu viele Opfer kostete. Kurz darauf folgte das Notstromaggregat, ausgeschaltet von Kirjandors Staffel.
Der Orter zeigte anfliegende Objekte in geringer Höhe, von Norden her. Es waren die CosmoSheep CC-70, auf die Sekunde präzise. A'Mascer ging mit seinen Leuten tiefer, um ihre Landung zu sichern.
Bewaffnete Einzelkämpfer von der KHEER sprangen hervor, alle mit Schutzanzügen ausgerüstet. Die Schirme ihrer Anzüge waren aktiviert. Das schützte sie gegen tragbare Thermowaffen, die es unten zuhauf noch geben mußte.
Der erste Teil der Mission war erfüllt. Niemand stellte sich dem Rollkommando ernsthaft entgegen.
A'Mascer drehte eine Runde um die Burg. Als er sich genau auf der entgegengesetzten Seite befand, direkt über dem Cañon, entdeckte er etwas, womit niemand gerechnet hatte.
Vom überhängenden Teil des Gebäudes wurde ein Objekt hinabgelassen. Sein SVS lieferte ein präzises Bild: Es handelte sich anscheinend um ein Schlauchboot.
Einen Moment lang starrte er fassungslos auf die Szene. *Hier oben wird mit Geschützen und High-Tech-Jägern gekämpft, und diese Giftmischer setzen sich mit einem Schlauchboot ab. Das ist nicht zu fassen.* Als Ausstiegsluk diente eine Art Falltür im überhängenden Boden.
Das Boot hing an vier Seilen und war mit drei Personen bemannt. Eine war männlich, die nächste weiblich, und die dritte ...
»Ein Kind!« meinte Keanogh schockiert. »Verflucht,

Captain! Vielleicht sechs Jahre alt! *Der Reaktor!* Wir haben doch eben noch ...« Keanogh unterbrach sich für eine Sekunde, und A'Mascer konnte den scheinbar hartgesottenen Mann schlucken hören. Dann stieß Keanogh hervor: »Was für eine gottverdammte Schande! Die wollen doch nicht wirklich mit einem Kind durch den Cañon fahren?«

»Sieht leider ganz so aus, Pat«, erklärte A'Mascer mit unterdrücktem Zorn. »Wir werden diesen Unsinn verhindern. Feuern Sie einen Warnschuß ab!«

Keanogh löste den kleinen Thermostrahler aus. Er zielte absichtlich daneben.

A'Mascer war sicher, daß die Botschaft richtig ankam – doch die unsichtbaren Helfer reagierten anders als erwartet. Statt die Seile wieder heraufzuziehen, ließen sie das Schlauchboot fallen. Es stürzte sieben Meter tief.

Keanogh schrie.

A'Mascer ließ in einer instinktiven Reaktion den Microstriker vorwärts schießen. Das Boot wurde auf dem Wasser des Cañons mitgerissen, es war sekundenlang ein wirbelnder schwarzer Flecken im SVS, den er nicht verlieren durfte.

»Captain! Bleiben Sie dran!«

»Ich hab' sie, Pat!«

Die Maschine folgte dem Lauf der breiten Felsenspalte. A'Mascer justierte sein SVS auf Detailsicht. Er starrte auf den Grund des Cañons, und er sah, daß die Insassen den Sturz überstanden hatten. Alle drei lebten noch. Verzweifelt klammerten sie sich an den Leinen der Bootswand fest. Für kurze Zeit ging das Kind über Bord, es

war jedoch angeseilt und konnte wieder eingeholt werden.
Der Anblick ließ A'Mascer nur noch wütender werden. Die Gischt des Cañons packte zu. *Was für ein Narrenstück!*
»Wer, zum Teufel, mag da an Bord sein?« schimpfte Keanogh.
»Na, wer wohl! Wetten, es ist Masino selbst?«
»Da vorn, die ersten Stromschnellen kommen!«
A'Mascer ließ den Striker nach vorn schießen. Er folgte exakt dem Verlauf des Cañons. *Wollten einfach auf dem Fluß in Sicherheit treiben – und haben in ihrer Panik die Stromschnellen ignoriert.* A'Mascer setzte eine Meldung an die übrigen Captains ab. Er vergaß den Cañon und das Gelände nicht eine Sekunde lang.
»Was wollen Sie machen?« schrie Keanogh.
»Sie hochholen«, gab A'Mascer einsilbig zurück.
Keanogh war klug genug, ihn nicht zu stören.
A'Mascer folgte dem Cañon nicht nur, sondern er ging tiefer. Die Stromschnellen rückten näher; der eigentliche Cañon stieß mit einem zweiten Fluß zusammen. Beide führten dann als ein einziges, reißendes Gewässer zum Meer. Masino glaubte vielleicht, daß er zwischendurch eine Stelle zum Halten finden konnte. Als der Cañon fünfzehn Meter Breite erreichte, ging A'Mascer nochmals tiefer. Der Rumpf des Jägers befand sich unter Bodenniveau.
Die drei im Boot winkten heftig. In stockfinsterer Nacht konnten sie nicht sehen, wer sich über ihnen befand; sie hörten lediglich die Maschinen.

»Captain ...!«

»Still, Pat!« ordnete er an.

A'Mascer folgte dem Cañon mit chirurgischer Präzision. Wenn er es nicht schaffte, die Windungen exakt nachzuvollziehen, waren sie alle tot. Ein einziges Mal Tragflächenkontakt – und Exitus. Sie würden nichts mehr merken, wenn es geschah.

»Pat!« kommandierte er. »Variplast-Kokons ausschleusen!«

»Vari... was?«

Aber dann begriff Keanogh.

Eine Sekunde später baumelten die Kokons vom Rumpf des Striker. Keanogh schaltete zusätzlich die Landescheinwerfer ein, so daß die Leute im Boot sehen konnten, was zu tun war.

Mit positronisch unterstützter Schubkontrolle drückte er den Jäger tiefer.

300 Meter. 200 ... Und ... jetzt!

Seborian A'Mascer hielt den Microstriker einen Herzschlag lang direkt über dem Boot. Er konnte nicht sehen, was unter ihnen vorging. Gischtkronen wirbelten von links nach rechts.

»Hochziehen!«

Keanoghs Schrei gellte durch die Kanzel. A'Mascer sah, daß sich der Querschnitt des Cañons vor den Stromschnellen blitzartig verengte. Und zwar auf einen tödlichen Wert – der unter der Spannweite der Dreiecksflügel lag.

A'Mascer riß den Striker hoch.

Als sie das Boot wiederentdeckten, umgekippt in den

Schnellen, waren die Passagiere fort.
»Pat! Sehen Sie mal unten nach.«
Keanogh schnallte sich los. Bei aktivierten Landeleuchten checkte er die Variplast-Kokons. Ein erleichtertes Seufzen ertönte. »Positiv, Captain! Da sind sie, alle drei. Die Frau trägt das Kind.« Keanogh lachte spöttisch. »Der Mann scheint allerdings bewußtlos zu sein.«

6

Pont Selimor war nicht Arkon oder Terra. Sie hatten es mit einem Hinterwäldlerplaneten zu tun. Bevor die Behörden ahnten, was geschah, war alles schon vorbei. Der »Maschinenschaden« der KHEER reparierte sich auf wundersame Weise. Wenige Minuten später nahm das Schiff Fahrt auf. Laurents ignorierte sämtliche Funkanrufe und ließ die KHEER in den Linearraum springen.
Eine Handvoll Gefangene wurden untergebracht, positronische Datenspeicher aus der Festung zur Auswertung vorbereitet.
A'Mascers Passagiere entpuppten sich als Masino, seine Frau und sein kleiner Sohn. Weibliche Wesen galten den Giftkönigen von Pont Selimor grundsätzlich nicht viel. Hätte die Frau bei der Rettungsaktion ihr Leben ausgehaucht, es hätte Masino vielleicht gestört, aber nicht

gebrochen. Mit dem Sohn sah es schon anders aus. Für dessen Rettung war der Kerl unendlich dankbar.
So dankbar, daß er noch unter Schockwirkung Laurents' Leuten alles erzählte, was er wußte. Er, Masino, war demnach für das pont-selimorische Syndikat als Geldwäscher tätig. Seine Aufgabe bestand darin, die ungeheure Summe von 600 Millionen Solar für PACET bereitzustellen. Stichtag war in einer Woche. Das Geld ging an eine Adresse in der alkanischen Hauptstadt Low Riva.
Laurents ließ das Kommando Pirosta und die Alkanische Abwehr per Hyperfunk ins Bild setzen. *Eine Woche Zeit.* Die Geheimdienste mußten sehen, was mit Masinos Daten anzufangen war.
Es hatte keinen Sinn, ohne konkrete Planung im Dreiplanetenbund aufzukreuzen. Laurents war kein Mann für blinden Aktionismus. Auf die staatlichen Agenten angewiesen zu sein war kein gutes Gefühl – aber leider unvermeidlich.
Major Aksai Pradesh, der Erste Pilot, steuerte die KHEER auf Kurs Richtung Thoben-System. Tags darauf schwenkten sie in den Orbit von Thoben-6.
A'Mascer versuchte, den Gedanken an Orchida Caryol in den Hintergrund zu drängen. Sie konnte nicht weiter als einige hunderttausend Kilometer entfernt sein. Doch selbst wenn er es gewollt hätte, es hätte keine Möglichkeit für ein Treffen gegeben. Der Kommandeur verhängte eine Kontaktsperre, der auch die Captains unterlagen.
Mittlerweile hatten die Außenwelt-Piloten einige Berühmtheit erlangt. Die Sache mit Sleit Kerüm hatte

sich herumgesprochen, und der Auftritt von Pont Selimor stand kurz davor, in den Medien breitgetreten zu werden. Laurents war das alles andere als recht. Von unauffälligem Eingreifen konnte keine Rede mehr sein. Seborian A'Mascer entwickelte ein spezielles, persönliches Problem: Der Gedanke, daß sich an Bord der KHEER ein Spion befand, ließ ihm einfach keine Ruhe. Täglich baute er neue Verdachtsmomente auf. Schließlich begann er, diese zu überprüfen, indem er auf eigene Faust Kabinen durchsuchte.

Als er zum ersten Mal auf ein echtes Verdachtsmoment stieß, eine finanzielle Solar-Buchung von ungewöhnlicher Höhe, suchte er unverzüglich den Kommandeur auf. Doch Laurents reagierte völlig anders, als er erwartet hatte.

»Was Sie da als Indiz präsentieren, A'Mascer, ist erstens völliger Unsinn und zweitens längst bekannt. Es geht nicht an, daß einer meiner besten Captains in den Kabinen seiner Kameraden schnüffelt. Ich verlange, daß dieses Verhalten *sofort* aufhört. Habe ich mich deutlich ausgedrückt?«

»Ich ... Nun ... Gewiß.«

A'Mascer senkte den Kopf. Er begriff, daß er sich in einen regelrechten Verfolgungswahn gesteigert hatte und daß sein Verhalten im Grunde nicht zu entschuldigen war.

»Der Träger wird ständig funktechnisch überprüft, Captain. Im Normal- und im Hyperfunkbereich. Sämtliche Post wird entpackt und auf Inhalt, Chiffrierungen, Info-Kodes oder Mikroschrift-Pixel untersucht.

Sämtliche Adressaten, sämtliche Außenkontakte werden auf Verbindungen zu PACET überprüft. Was meinen Sie, A'Mascer, was los war, als wir merkten, daß Captain Farree ständig einem Schwerkriminellen auf Lepso Hyperfunkbriefe schickt ... Es war sein Halbbruder, wie sich dann herausstellte, der vor einigen Monaten auf die schiefe Bahn geraten ist. Farree wußte es noch gar nicht. Wir haben es ihm gestern gesagt.«

»Ich verstehe, Sir. Ich verstehe wirklich.«

Er nahm sich vor, daß er die Geheimdienstarbeit in Zukunft den Profis überlassen wollte. Dennoch hielt er die Augen offen. Soviel konnte und durfte ihm niemand verbieten.

Am sechsten Tag verließen sie das Thoben-System. Die KHEER erreichte den Dreiplanetenbund mit seiner Hauptwelt Alkan, zwölf Lichtjahre von Thoben-6 entfernt.

Militärisch gesehen war Borghenhall schwach. A'Mascer hatte den Vergleich zur Solaren Flotte vor Augen, mit seinen Ultraschlachtschiffen, der Kreuzer-Flotte, den Transformkanonen. Im Milchstraßen-Vergleich galt Borghenhall völlig zu Recht als weißer Fleck auf der Sternenkarte.

Mehr als die Hälfte des Militärs, das vorhanden war, konzentrierte sich jedoch auf den Dreiplanetenbund. Alkan und seine zwei Bruderplaneten besaßen eine hohe wirtschaftliche Leistungskraft. Von allen Siedlerplaneten des Sektors waren sie am weitesten entwickelt. Die Bevölkerungszahl im Dreiplanetenbund belief sich auf

etwa drei Milliarden, was eine enorme Zahl war. Hinzu kam ein guter durchschnittlicher Bildungsgrad.
Mit einer Sondergenehmigung ging die KHEER vor der Küste der Hauptstadt Low Riva nieder, im tiefen Wasser vor einem Felsenufer.
A'Mascer war früher einmal hiergewesen. Er kannte die lärmigen Industrieviertel, die endlosen Wohngebiete, das legendäre Stadtzentrum mit seinen Geschäftshäusern aus Stahl und Glas. Das Zentrum der Borghenhall-Finanz residierte in der Mitte von Low Riva, gemeinsam mit der alkanischen Verwaltung. Von besonderer Bedeutung war das Blaue Haus, der Regierungssitz des Dreiplanetenbundes.
»Ich will den Stadtrand sehen«, forderte Laurents plötzlich. »Zoomt an den Uferstreifen!«
Die Fernoptiken wurden umgeschaltet. A'Mascer blickte auf einen Schirm, der Hunderte von Personen abbildete. Es war eine bunte Mischung aus Terra-Abkömmlingen, Springern und Aras, die typische Bevölkerungsstruktur des Dreiplanetenbundes. Andernorts in der Milchstraße wären sie alle Feinde gewesen; in Borghenhall lebten sie nicht nur zusammen, sie verfügten über einen ausgeprägten Regionalstolz.
»Eine Horde von Schaulustigen«, ärgerte sich Laurents. »Sind alle hier wegen der KHEER. Die Außenwelt-Piloten sind zu bekannt geworden.«
Je mehr Alkaner zusammenkamen, desto tiefer gruben sich die Falten in seine Stirn. In den Zivilisten schien er potentielle Opfer zu sehen, die seine Arbeit nur erschwerten.

A'Mascer, Dunkersson, Farree, Cevlington und Kirjandor sammelten sich um den Kommandeur.
»Offiziell befinden wir uns hier, um der Regierung des Dreiplanetenbundes finanzielle Unterstützung abzuringen«, erklärte Laurents. »Unsere Presseoffiziere veranstalten seit der Ankunft ein entsprechendes Theater. – Die Wahrheit sieht natürlich völlig anders aus. Unser eigentliches Ziel liegt im Stadtkern von Low Riva. Zur Erinnerung, meine Herren: Masino war als Geldwäscher tätig, und seine Informationen deuten auf die alkanische Hochfinanz hin.
Im Mittelpunkt steht dabei der sogenannte Zarkin-Tower, ein altes Bürogebäude von sechzig Metern Höhe. Der Zarkin-Tower befindet sich am Rand des Stadtzentrums, in der Nähe der Neo-Archetz-Straße. Nach außen hin wird das Gebäude als normaler Büroturm genutzt. Aber das entspricht nicht der Wahrheit. Auf unsere Erkenntnisse hin hat die Alkanische Abwehr folgendes festgestellt: Der Zarkin-Tower ist komplett von PACET-Leuten besetzt, und zwar von oben bis unten.«
»Sieht aus, als hätten wir in ein Wespennest gestochen«, meinte Dunkersson leise.
Für den Einwurf handelte er sich einen bösen Blick vom Kommandeur ein, der den frischgebackenen Captain allerdings nicht zu stören schien.
»Richtig, Captain Dunkersson, ein Wespennest. Wir schätzen, daß etwa fünfzig Prozent der PACET-Finanzgeschäfte über den Zarkin-Tower laufen. Wir sprechen von einer Größenordnung um die 1,3 Milliarden Solar. Die Alkanische Abwehr hat in den

letzten Tagen verstärkte Transaktionen festgestellt. Offenbar wurden zahlreiche Konten aufgelöst und die Einlagen an nicht aufzufindende Orte verschoben. Wahrscheinlich an galaktische Banken außerhalb von Borghenhall.«

»Das heißt, PACET bereitet ganz konkret etwas vor?« fragte Farree.

»Richtig. Aber das wissen wir ja schon länger. Wir wissen nur nicht, *wo*, *wann* und *wie*.«

»Wie kriegen wir das raus?« fragte Dunkersson; jetzt, da er sich in heimatlicher Nähe wähnte, nochmals eine Spur vorlauter als sonst. »Ich meine, Zeit wird's doch, oder? Geben wir den Jungs aufs Haupt! Und dann fragen wir die Übriggebliebenen nach ihrer Meinung!«

Dunkersson blickte sich beifallheischend um. Niemand lachte oder applaudierte. Ein ärgerlicher Blick des Kommandeurs brachte ihn zum Verstummen.

»Folgendermaßen gehen wir vor«, ordnete Laurents an. »Die Striker-Staffeln steigen um 0.00 Ortszeit geschlossen auf und halten sich auf Warteposition bereit, tausend Meter über Low Riva. Um 0.10 Uhrstürmt die Alkanische Abwehr den Zarkin-Tower. Sollte es Schwierigkeiten geben, greifen unsere Staffeln ein. Aber nur in diesem einen Fall, der hoffentlich nicht eintreten wird. Haben das alle verstanden?«

»Ja, Sir!«

»Auch Sie, Captain Kim Dunkersson?«

»Aber klar, Kommandeur.«

Pünktlich um Mitternacht kreuzten zwanzig Schatten

im dunklen Nachthimmel über Low Riva. Die Piloten trugen SVS-Geräte, die Schützen behielten sämtliche Orter und Taster im Auge.
A'Mascer nahm seine Schwebeposition über einem Wolkenkratzer zwischen Neo-Archetz-Straße und Kink-Ring ein. Die anderen verteilten sich weiter, so daß ein dichter Ring um den Zarkin-Tower entstand.
Um Punkt 0.10 schlugen die Truppen der Alkanischen Abwehr zu.
In den Jägern hörten sie nichts und sahen nichts, weil sich das Geschehen in den Niederungen der Straßenschlucht abspielte. Aber sie erhielten die Nachrichten über Funk. Und die hörten sich nicht ermutigend an.
»... treffen auf Widerstand ...«
»Achtung, Einheiten Haupteingang! Die Drehtüren sind mit Thermo-Minen präpariert! Stopp an den Antigravschächten! Unsere Positronik-Schnüffler sagen, daß es jede Menge Plastiksprengstoff gibt!«
»Warum haben wir denn nicht mehr Kampfroboter hier ...?«
»... weg vom Haupteingang, ich wiederhole ...«
A'Mascer und die anderen setzten sich ein Bild zusammen. Das Resultat war niederschmetternd: PACET hatte sie erwartet. Im Zarkin-Tower hatte man einen *Tip* bekommen. Die Zeit hatte anscheinend nicht gereicht, das Gebäude zu evakuieren – aber sie reichte, um sich gegen die Außenwelt abzuschirmen.
Wenn es wirklich so aussah, dann hieß das, der Spion aus der KHEER hatte wieder zugeschlagen. Die undichte Stelle konnte sich vor wenigen Minuten

erst geöffnet haben.
Die Alkanische Abwehr lieferte sich mit nicht identifizierten Personen im Turm Feuergefechte. Mit jeder verstreichenden Sekunde wurde die Verteidigungsposition besser. A'Mascer nahm an, daß im Zarkin-Tower ein regelrechter Notfallplan abgespult wurde.
Das kann Stunden dauern. Vielleicht Tage. Je nachdem, über wie viele Vorräte das Gebäude verfügt.
A'Mascer versuchte, die Dinge nüchtern zu analysieren. Er fragte sich, welchen Vorteil der Kampf den PACET-Leuten brachte. Am Ende würden sie verlieren, soviel mußte allen klar sein. Notfalls kam aus dem Orbit ein Kampfkreuzer herunter und äscherte den gesamten Turm mit einer einzigen Salve ein.
Für alle Eingeschlossenen bedeutete dies den Tod. Eine Chance auf Entkommen besaßen sie zu keiner Zeit, jedenfalls nicht auf dem üblichen Weg.
Einen Moment lang fürchtete A'Mascer, im Zarkin-Tower könnte ein Transmitter stehen. Die entsprechenden Impulse hätte man jedoch in der KHEER geortet, und Laurents hätte eine Warnung gefunkt.
Unwillkürlich schüttelte er den Kopf.
Für die PACET-Leute machte es nur dann Sinn, auf Zeit zu spielen, wenn am Ende eine mögliche Belohnung stand. Das war die Kernaussage. Wer immer da im Turm feststeckte – er glaubte ganz offensichtlich, daß es für ihn noch etwas zu *gewinnen* gab.
Die Ursache dafür mußte zwangsläufig von außen kommen.
Was, wenn die entscheidende PACET-Operation sehr

kurz bevorstand? Alles deutete schließlich darauf hin. Die Eingeschlossenen konnten dann möglicherweise durchhalten, bis sie nach erfolgreicher Durchführung freigepreßt wurden.

Oder sie benötigten lediglich eine gewisse Frist, um im Zarkin-Tower alle Hinweise auf die bevorstehende PACET-Aktion zu vernichten. Dieses Ziel konnte jede Sekunde erreicht sein.

A'Mascer hatte keine Zeit, lange darüber nachzudenken. Die Ereignisse überschlugen sich, von der KHEER erreichte eine Nachricht ihre Funkempfänger:

»Laurents spricht«, dröhnte die Stimme des Kommandeurs. »Die Basis ist in Schwierigkeiten. Ich wiederhole: Basis in ernsten Schwierigkeiten! PACET-Leute haben an den Piers großkalibrige Thermokanonen und Raketen gegen die KHEER in Stellung gebracht. Unsere Schutzschirmprojektoren sind beschädigt; sehen uns schwerstem Feuer ausgesetzt. Können Feuer nicht erwidern, da unbekannte Anzahl von Zivilisten in der Schußlinie. Haben Schäden an Brücke und Landedeck. Striker-Staffeln 1-5: Sie kehren *nicht* zur Basis zurück. Ich wiederhole, Sie kehren vorerst nicht zurück. Wir werden das Problem mit den verbleibenden Cosmo-Sheep- und Mercura-Einheiten lösen. Laurents Ende.«

»A'Mascer von Staffel 5 spricht«, rief er auf ihrer Frequenz, die hoffentlich abhörsicher war. »An alle Microstriker! Durch den Ausfall der KHEER übernehme ich provisorisch das Kommando. Bestehen Einwände?«

Niemand antwortete. Er wertete das als Zustimmung der übrigen Captains.

»Je eher wir das hier zu Ende bringen, desto schneller können wir Laurents helfen! – Der Zarkin-Tower besteht aus zwanzig Stockwerken à drei Meter. Alkanische Kolonisten sind in der Regel nicht größer als 2 Meter 10. Uns bleiben demnach 90 Zentimeter in jedem Stockwerk, die wir ohne direkte Lebensgefahr für die Leute drinnen unter Feuer nehmen können.«

Es knackte in der Leitung.

»Cevlington hier. A'Mascer, Sie wollen den Tower beschießen?«

»Exakt. Mit den Thermo-Nadlern. Wir werden die Fenster im oberen Viertel komplett perforieren. Und zwar jedes einzelne Stockwerk, jeden einzelnen Raum, egal ob Arbeitszimmer oder Korridor. Die Alkanische Abwehr schießt aus sicherer Entfernung Tränengas hinterher. Der ganze Vorgang sollte in weniger als zehn Minuten abgeschlossen sein. Die PACET-Leute werden froh sein, wenn sie den Tower verlassen *dürfen*. Hoffen wir nur, daß sie keine Kampfanzüge haben. Und noch was – Opfer sind unbedingt zu vermeiden!«

»Roger, keine Einwände mehr.«

A'Mascer teilte jeder Staffel einen Stockwerksbereich zu. Die Schützen und Piloten nahmen scheinbar endlose Fensterreihen ins Visier. Um 0.23 Uhr meldeten sich sämtliche Maschinen feuerklar.

»Fertig, Keanogh?«

»Aye.«

»Dann los!«

Der letzte Befehl jagte durch den Äther, zu den anderen Außenwelt-Piloten. Der Weltuntergang im Turm begann um 0.25 Uhr. In roboterhaftem Tempo umkreisten die Microstriker den Zarkin-Tower, zerstörten in nicht enden wollendem Nadler-Feuer eine Scheibenreihe nach der anderen. Das besondere Problem lag darin, die Stockwerke unbedingt waagerecht zu erwischen, damit nicht schräge Feuerstöße doch noch die Menschen trafen.

Wer eine Runde um den Tower beendet hatte, rückte ein Stockwerk höher und wiederholte den Vorgang.

Die ganze Zeit über streuten Granatwerfer der Alkanischen Abwehr Tränengas. A'Mascer ging davon aus, daß Türen und dünne Zwischenwände zerschlagen wurden, so daß sich der Gasstrom ungehindert verteilen konnte.

Um 0.35 Uhr gab es kein heiles Fenster mehr.

»Sehen Sie, Sir!« brüllte Keanogh. »Es klappt!«

Durch die Seiteneingänge strömten Menschen und deren Abkömmlinge ins Freie. Aras, Springer, sogar Blues waren dabei. Selbst durch den Haupteingang versuchten es einige – ohne an das Minenfeld zu denken. Der Eingangsbereich flog in einer schrecklichen Explosion in die Luft. Über die Anzahl der Opfer ließ sich nichts aussagen. Alkanische Abwehr-Einheiten stürmten das Gebäude. Die meisten trugen Schutzanzüge, manche waren immerhin noch mit Gasmasken ausgerüstet.

»Captain A'Mascer an alle«, funkte er. »Operation Zarkin-Tower beendet. Rückkehr auf dem schnellsten Weg zur KHEER!«

A'Mascer konnte sich nicht vorstellen, daß PACET mit bodengestützten Waffen ein Schiff wie die KHEER in ernsthafte Schwierigkeiten bringen konnte. Es sei denn, ihre Feinde hatten einen absoluten Überraschungscoup gelandet.

Die Microstriker brauchten fünf Minuten. A'Mascer flog mit aktiviertem Schirm, tief über der Oberfläche entlang. Seine Vorsicht erwies sich jedoch als gegenstandslos; das Gefecht schien mittlerweile beendet zu sein.

Von der Landeplattform der KHEER stieg dichter Qualm auf. An zahlreichen Stellen war der Träger schwer beschädigt. Der Toweraufbau mit der Zentrale erinnerte an eine metallene Trümmerwüste.

Laurents ...

Ihr Kommandeur hatte sich irgendwo dort aufgehalten. A'Mascer bemühte sich verzweifelt, zur Führung der Außenwelt-Piloten Kontakt aufzunehmen, aber niemand antwortete ihm. Die CosmoSheep und die Mercura-Jäger kamen eben wieder hereingeschwebt. Ihrem Funkverkehr ließ sich entnehmen, daß sie soeben die feindlichen Stellungen ausgehoben hatten. Sie erhielten Weisung, mit ihren Jägern die Umgebung zu sichern.

Was zuvor nur eine schreckliche Ahnung gewesen war, was sich niemand wirklich auszumalen wagte, wurde zur schrecklichen Gewißheit.

Major Pradesh, der Erste Pilot des Trägers, meldete per Funk: »An alle Einheiten! Ich habe schlechte Nachrichten. Meine Herren, der Kommandeur ist soeben seinen Verletzungen erlegen. Caneron Laurents ist tot.«

7

Das Leben an Bord der KHEER bewegte sich für Stunden, ja für Tage durch eine Art immateriellen Morast. A'Mascer wurde klar, daß mit Laurents' Tod das Herz der Außenwelt-Piloten zu schlagen aufgehört hatte. Auch wenn der Kommandeur nicht mehr selbst hatte fliegen können; obwohl er nur noch wie eine Spinne in seinen Kontrollräumen gehockt hatte.

Die Piloten gingen ihrer Wege, jeder für sich. Kirjandor schien Vergessen im Vurguzz zu suchen; oder in grünem Tee, was schwierig zu beurteilen war. Farree und Htontas redeten stundenlang kein einziges Wort. Cevlington versuchte, sich der Sache mit quynglischer Würde zu nähern. Aksai Pradesh führte kommissarisch das Kommando. Aber es war nicht dasselbe wie vorher. Niemand sprach es aus, obwohl es jeder wußte, selbst Pradesh, der insgeheim immer *sich* für besser als Laurents gehalten hatte.

Zwei Tage nach dem Unglück betraten sechs unbekannte Männer und Frauen den Träger. Sie taten äußerst geheimnisvoll, besprachen sich eine halbe Stunde lang verstohlen mit Pradesh.

Dann rief der Major eine Versammlung ein. Teilnehmer waren außer ihm die sechs Fremden vom Festland und die fünf Captains Dunkersson, Farree, Kirjandor, Cevlington und A'Mascer.

Eine der fremden Frauen führte das Wort.
Sie bat alle, Platz zu nehmen, blieb selbst aber stehen. A'Mascer erinnerte sich, daß sie eine Sicherheitsberaterin der alkanischen Regierung war. Er schätzte sie als eine fähige Person ein.
»Mein Name ist Leah Koramberg«, sprach sie. »Ob mich jemand von Ihnen kennt, weiß ich nicht, und es tut auch nichts zur Sache. Wichtig ist für Sie nur, daß ich diejenigen Systeme vertrete, die direkt an der Ausrüstung der Außenwelt-Piloten beteiligt sind. Lassen Sie mich zunächst versichern, wie sehr wir alle den Vorfall mit Kommandeur Laurents bedauern. Dennoch, das Leben geht weiter. PACET muß besiegt werden. Wir haben deshalb die Absicht, für die weitere Dauer des Unternehmens eine provisorische Führung zu benennen.«
Leah Koramberg musterte jede einzelne Person der Runde mit stechendem Blick.
»Nun, ich will Sie nicht auf die Folter spannen. Kommandeur Laurents hatte Anweisung, für exakt den Fall, der jetzt eingetreten ist, Empfehlungen zu hinterlassen. Ein guter Kommandeur macht sich niemals selbst unersetzlich. Und ein guter Kommandeur war Laurents zweifellos. Seine Stelle nimmt ab sofort ein ...«
Sie schaute nochmals in die Runde. Ihr Blick blieb zuerst an Pradesh haften, dann an Cevlington.
Und am Ende klebte sie förmlich an A'Mascer fest. Er begann, sich unter ihrem Blick unwohl zu fühlen.
»Sie müssen Captain Seborian A'Mascer sein, nicht wahr? Laurents erwähnte Ihre Rolle. Ein steiler Aufstieg

für einen *Ex*piloten – der sich schon auf sein Altenteil zurückziehen wollte. A'Mascer, ich ernenne Sie hiermit zum Oberstleutnant. Bis auf Widerruf unterstehen Ihnen sämtliche Einheiten und zugeordneten Personen des Trägerschiffs KHEER. Einzelheiten finden Sie im Safe des alten Kommandanten. Er befindet sich – so steht es zumindest in meinen Unterlagen – hinter einem Perry-Rhodan-Foto an der Wand im Kommandantenzimmer. Wir haben uns bereits erlaubt, den Safe auf Ihre persönlichen Daten umzustellen.«

Und, an die anderen gewandt, speziell Aksai Pradesh eingeschlossen: »Ich erwarte, daß Sie Oberstleutnant A'Mascer nach Kräften unterstützen. Er hat es nicht einfach. Es wird seine Aufgabe sein, sich kurz vor dem entscheidenden Kampf mit PACET in eine völlig neue Aufgabe einzufinden. Meine Herren: Wir wünschen einen angenehmen und arbeitsreichen Tag.«

Die Frau und ihre fünf Begleiter erhoben sich.

Aksai Pradesh geleitete sie mit steifen Schritten zur Tür, dann von Bord, während Dunkersson, Cevlington und die anderen beim Gehen wortlos A'Mascer auf die Schulter schlugen.

Nur Kirjandor sagte noch: »Ich hätte keinen Besseren gewußt. *Oberstleutnant.*« Der Pirostaner schneuzte sich und verließ als letzter den Raum.

A'Mascer konnte sich erinnern, wie er zum ersten Mal hier gesessen hatte, bei quynglischem Tee und mit verbundenen Augen. Und wie er sich dann über das Rhodan-Foto gewundert hatte, das so gar nicht in die

Kabine des Kommandanten zu passen schien.
Die persönlichen Gegenstände waren alle schon weggeräumt. Jemand von Laurents' Familie mußte das wohl getan haben.
Allein das Foto hing noch. A'Mascer schob es zur Seite und entdeckte den Tresor dahinter. Er berührte mit seiner Hand eine Kontaktfläche. Eine positronische Sicherung prüfte die Iris seines linken Auges. Vor seinen Augen glitt ein kleines Schott beiseite. Der Safe schob sich automatisch nach vorn.
A'Mascer brauchte einige Stunden, um sich mit dem Inhalt vertraut zu machen. Sämtliche technischen Details der KHEER waren enthalten, zudem die Stützpunkte der Außenwelt-Piloten, die finanzielle Lage, weisungsbefugte Politiker, die Personalakten seiner Piloten und einiges mehr.
Er hätte sich gewünscht, mit der Besatzung des Trägers einige Zeit zu verbringen. Aber es kam nicht dazu. Aus dem Zarkin-Tower jagte eine Nachricht die nächste, die Leute der Alkanischen Abwehr leisteten ganze Arbeit. In der Tat hatten sie mit einem Schlag PACETS Finanzen lahmgelegt.
Aber das war keineswegs alles: Eines der Verhöre förderte einen Hinweis zutage, der sie wiederum zu einer versteckten Positronik führte.
A'Mascer ließ sich einen Berichterstatter der Alkanischen Abwehr kommen, einen Springer namens Haklet.
»Wir haben die Positronik von unseren Topexperten knacken lassen«, erklärte der Mann. »Sie behaupten, daß damit der Fisch des Jahrhunderts ins Netz gegangen ist.«

»Was meinen Sie, Haklet? Etwa Informationen über die Radiant III-Raketen?«

»Davon ist mir leider nichts bekannt. Nein, von modernen Missiles war nicht die Rede.«

»Dann lassen Sie hören, was Sie sonst haben.«

»Mir fehlen natürlich die Hintergrundinformationen, Oberstleutnant. Ich bin nur ein Bote. Sie können gewiß besser beurteilen, was die folgenden Worte bedeuten:

P. D. TIEFEBENE

12. 02.

19.00 UHR.«

Haklet räusperte sich lautstark. »Nun, Oberstleutnant? Sie sitzen plötzlich so erstarrt.«

»Das hat seinen Grund«, brachte A'Mascer nach einer Weile hervor. »Welches Datum schreiben wir heute?«

»Den 12. Februar Galaktische Standardzeit, Oberstleutnant. Im ganzen Sternhaufen Borghenhall.«

A'Mascer ließ mit einem Tastendruck sein positronisches Terminal aus der Schreibtischplatte fahren. Borghenhall erschien als Holographie mit den Positionen der wichtigsten Planeten. Jede Welt war von einer farbigen Textur überzogen, die den Verlauf der Zeitzonen zeigte.

»Darf ich wissen, wonach Sie suchen, Oberstleutnant?« fragte Haklet.

»Ja. Ich interessiere mich für die Ortszeiten von Thoben-6 im Vergleich zum Dreiplanetenbund.« Er rechnete blitzschnell im Kopf. »Rund zwölf Lichtjahre ...«, murmelte er. »Das könnte gerade reichen.«

Vor einiger Zeit, als Laurents noch gelebt hatte, war er

mit dem Kommandeur mögliche Ziele für PACET-Angriffe durchgegangen. Unter anderem hatte die Pech-Dahlia-Tiefebene dazugehört, eine Landschaftsformation auf dem Ferenize-Kontinent von Thoben-6, als eine Alternative unter vielen.
Plötzlich begriff er, wie PACET auf die Idee kam, ein einziger Schlag könnte das organisierte Verbrechen in den Rang einer stellaren Macht erheben.
A'Mascers Hand fiel auf den Sensor für Vollalarm. Im ganzen Trägerschiff sprangen die Sirenen an.

Ein Zittern lief durch die KHEER, Sekunden später kam ein grollender, alles durchdringender Ton hinzu. Die Impulstriebwerke hoben den Träger aus dem Ozean vor Low Riva. Eine Jägerstaffel, die bis eben den Zarkin-Tower abgesichert hatte, wurde in positronische Fernsteuerung genommen und hereingeholt. Das Manöver funktionierte zentimetergenau; und das mußte es auch, denn ein Unfall während der Startphase hätte Low Riva in Trümmer gelegt.
A'Mascer verfolgte den Vorgang über ein Mini-Display an seinem Platz. Er wartete ab, bis der Träger den Orbit erreicht hatte. Dann erst schaute er auf.
Es war das erste Mal, daß er die Versammlung im Kartenraum zu leiten hatte. Die Microstriker-Piloten saßen vor ihm.
Von heute an mußte eine gewisse Distanz gewahrt bleiben. A'Mascer nahm sich vor, keinen der Captains mehr zu duzen, auch nicht im Trägerschiff oder bei privaten Treffen.

»Ich grüße Sie alle«, sprach er laut. »Die Zeit drängt, meine Herren. Während ich Sie hier über die Lage in Kenntnis setze, bereitet Aksai Pradesh die erste Linearraum-Etappe vor. Wir haben vor wenigen Minuten erfahren, wo und wann PACET seinen entscheidenden Schlag plant. Uns bleiben für den Flug dorthin noch exakt fünf Stunden und zehn Minuten.«

»Ich versteh' nur Weltraumbahnhof, Oberstleutnant«, unterbrach Dunkersson. »Pech Dahlia? Was heißt das?«

Am Platz des jungen Captains türmten sich alkanische Klopse zu einem beachtlichen Haufen. Daneben stand ein Becher, und A'Mascer hätte wetten mögen, daß er mit brauner Limonade gefüllt war.

»Ich erhielt Besuch von einem Alkanischen Abwehrmann. Die Computer aus dem Zarkin-Tower sind endlich geknackt. Das Wichtigste waren Ort und Datum der PACET-Aktion. Der Ort ist die Pech-Tiefebene, Thoben-6, etwa 50 Kilometer vom ferenizischen Amaega-City entfernt. Der Termin ist 19.00 Uhr nach ferenizischer Ortszeit – und zwar am heutigen Tag.«

»Und woraus schließen Sie nun, daß es sich um PACETS Entscheidungskampf handeln muß?«

»Die Pech-Tiefebene wurde im Jahr 2418 für die Öffentlichkeit gesperrt. Sie erinnern sich vielleicht, daß unsere Microstriker-Waffensysteme dort zwischengelagert wurden. Laurents' Unterlagen besagen weiterhin, daß dort hochmoderne Anlagen der Flotte von Thoben-6 installiert sind. Diese dienen ausschließlich der Erprobung eines neuen Waffensystems. Es handelt sich dabei um *Radiant IV-Raketen*.«

Von links erscholl ein Zwischenruf: »Radiant IV-Typen existieren doch gar nicht!«
»Da sind Sie leider im Irrtum, Captain Dunkersson«, antwortete A'Mascer düster. »Radiant IV-Missiles stellen eine Weiterentwicklung des III-Typus dar. Radiant III eignet sich für die Zerstörung bodengebundener Ziele, und zwar mit höchster Effizienz. Radiant IV dagegen ist mit sehr viel stärkeren Sprengkörpern bestückt, genauer gesagt: mit 60 Gigatonnen. Die Raketen verfügen sogar über einen kleinen Linearantrieb. Im Prinzip haben wir es mit Raumtorpedos zu tun.«
»Gegen welche Ziele werden die Radiant IV eingesetzt?« fragte Topan Kirjandor, der pirostanische Bär. »Bislang kann ich den großen Vorteil gegenüber den IIIer-Typen nicht erkennen.«
A'Mascer fand, daß Kirjandor die Information auffällig gelassen zur Kenntnis nahm. Seine Ruhe wirkte imponierend.
»Radiant IV-Missiles wenden sich gegen Raumschiffe. Man kann damit notfalls sogar Schlachtkreuzer abschießen. Natürlich keine Einheiten der Solaren Flotte, die haben HÜ-Schirme. Aber alles, was im Sektor Borghenhall stationiert ist.«
Dunkersson fragte: »Diese Radiant IV sind also in der Pech-Dahlia-Tiefebene stationiert? Wie viele gibt es davon?«
»Ich weiß es nicht.«
»Aber Sie fürchten, Oberstleutnant, daß die Dinger in PACETS Hände fallen?«
»Zweifellos. Das muß das Ziel der Aktion sein. Wenn

PACET sämtliche verfügbaren Radiant IV-Bestände an sich bringt, wird ein umfassender Schlag möglich. Ich denke mir das folgendermaßen: Mit den Radiant III-Raketen werden zunächst mehrere Regierungssitze zur gleichen Zeit vernichtet. Wahrscheinlich Thoben-6, Pirosta, der Palast von Whaan und natürlich das Blaue Haus von Alkan. Das schafft Verwirrung. PACET wird daraufhin mit sämtlichen Einheiten *eine* der Hauptstädte in seine Gewalt bringen ...«

»So etwas hätte PACET längst schon tun können, Oberstleutnant!« warf Cevlington ein.

»Richtig. Das Problem bestand nicht darin, eine Hauptstadt zu vernichten, sondern darin, die Stellung zu erobern und hinterher zu *halten*. An dem Punkt kommen die Radiant IV-Raketen ins Spiel. Mit ihrer Hilfe läßt sich jeder Orbit gegen Angriffe sichern. Wenn Raumschiffe nicht mehr eingreifen können, agiert PACET nach Belieben. Ich nehme an, daß PACET eine kriminelle Diktatur errichten wird. Weiterhin nehme ich an, daß es entweder Thoben-6 oder Pirosta treffen wird.«

»Warum nicht Alkan?« fragte Dunkersson.

»Der Dreiplanetenbund ist zu stark. So einfach ist das. Aber alle anderen Welten kommen in Frage. Das ganze Spiel um High-Tech der letzten Jahre muß diesem Ziel gedient haben. PACET besitzt Kampfjäger, hochwertige Positroniken, Radiant III-Raketen – und das notwendige Personal, das alles zu bedienen. Es würde mich nicht wundern, wenn in irgendeiner Sonnenkorona sogar Kampfschiffe stationiert wären.«

»Wenn sie jetzt noch die Radiant IV kriegen«, unkte Dunkersson, »können sie jede Bedingung stellen.«

A'Mascer sagte: »Die Außenwelt-Piloten werden das verhindern.«

Ein paar Sekunden lang herrschte Schweigen im Kartenraum.

»Wieso unterrichten wir Thoben-6 nicht per Hyperfunk?« schlug Topan Kirjandor vor. »Das wäre sehr viel einfacher.«

»Aus zwei nachvollziehbaren Gründen, Captain. Pech Dahlia dürfte von Agenten unterwandert sein. Wenn wir uns jetzt dort melden, wird der Angriff einfach eine Stunde vorverlegt – und die KHEER kommt zu spät. Der zweite Grund: Ich traue unseren Hyperfunk-Kodes nicht. Sie sind nicht abhörsicher genug. Nein, die Sache wird von den Außenwelt-Piloten erledigt. Präzise gesagt, von unseren Microstriker-Jägern.«

»Sie wollen mit nicht mehr als zwanzig Maschinen in den Einsatz?« fragte Cevlington fassungslos. »Sir! Das kann nicht Ihr Ernst sein!«

»PACET schickt natürlich seine Elite. Die CosmoSheep und Mercuras wären bloß Kanonenfutter. Kommandeur Laurents hat seine Leute nicht in den Tod geschickt, und ich werde es auch nicht tun. Das sehen Sie doch ein, Cevlington?«

»Ich ... Natürlich, Sir.«

»Sehr schön. PACET hat nur dann eine Chance, wenn sie den Angriff mit unauffälliger Kommandostärke durchziehen. Ich rechne mit maximal 30 bis 40 Maschinen. Vielleicht ein paar Bodentruppen, aber das ist eher unwahrscheinlich. Sie werden sich für Jäger entscheiden. Damit schlagen sie zu und verschwinden anschließend schnell und unauffällig.«

Eine Interkom-Nachricht kam herein.

A'Mascer unterbrach sich, er lauschte konzentriert und dankte seinem unsichtbaren Gesprächspartner.

»Meine Herren, die Microstriker werden startklar gemacht. Bitte bereiten Sie sich vor. Und ich gebe noch etwas zu bedenken: Sie alle werden sich erinnern, daß Kommandeur Laurents in unseren Reihen einen Spion vermutet hat. Sollte das der Wahrheit entsprechen, hat die Person dieses Mal *keine* Gelegenheit mehr, ihre Leute vorzuwarnen. Diesmal sind die Außenwelt-Piloten am Drücker.«

»... zehn, neun, acht ...«

Eine positronische Stimme leierte den Countdown herunter. A'Mascer hatte das Kommando an Aksai Pradesh übergeben, er selbst hockte mit Patrik Keanogh im Cockpit seines Jägers.

Der Bildschirm wurde plötzlich weiß. Es war das hellste Licht, das die Filter zuließen. Was im ersten Augenblick wie eine Störung aussah, entsprach ziemlich genau den Tatsachen: Die KHEER stürzte in unmittelbarer Nähe einer Sonne in den Normalraum zurück. A'Mascer wußte nicht, wie es in der Zentrale stand. Er wußte nur, daß er sich auf Aksai Pradesh und die Besatzung verlassen mußte.

Ein sägendes, nervtötendes Geräusch schien den Träger in zwei Hälften zu zerteilen. Er hörte es bis in den

Microstriker. Dann herrschte Stille.
»Was war das?« fragte Keanogh unbehaglich.
»Wir haben anscheinend Schwierigkeiten«, gab A'Mascer lakonisch zurück.
Der Striker wurde durchgeschüttelt. Für die Dauer eines Atemzugs erlosch der Schirm vor A'Mascers Konsole. Als das Bild zurückkehrte, blickte er in ein breites, schweißbedecktes Gesicht. »Pradesh spricht«, meldete sich der Major per Interkom. »Wir sind am Ziel angelangt, im äußeren Korona-Bereich der Sonne Thoben. Der Kurs der KHEER konnte stabilisiert werden. Ich bin sicher, daß unsere Ankunft im Thoben-System von niemandem bemerkt wurde. An alle Striker-Staffeln: Wir wünschen euch Glück! Pradesh Ende.«
A'Mascer gab das Startsignal. Die Microstriker wurden aus ihren Start-Tuben katapultiert.
Ihre Schutzschirme waren aktiviert und bis an die Leistungsgrenze hochgefahren. Einen Moment lang schien es dennoch so, als müßten sie in der Korona verglühen. Ein durchschnittlicher Pilot hätte den Anblick nicht ertragen. *Scheinbar im Mittelpunkt einer Explosion gefangen, nur noch wenige Sekunden vom Tod entfernt.* Doch Laurents hatte sie nicht grundlos trainieren lassen. Automatisierte Reaktionen liefen ab. A'Mascers Blick hing nicht an den Fusionsprozessen außerhalb, sondern galt allein den Orterschirmen.
Dann tauchten sie aus der Korona ins freie All. Die Sonne blieb hinter ihnen zurück.
Ihre Schirme zeigten das Thoben-System: Neun Planeten bewegten sich über teils exzentrische Bahnen,

hinzu kamen drei Asteroidengürtel. Dichter Handelsverkehr spielte sich speziell um Thoben-6 ab.
A'Mascer hoffte nur, daß die Ankunft der Microstriker niemandem auffiel.
»Läuft alles gut, Sir«, murmelte Keanogh. »Verdächtig gut.«
»Da könnten Sie recht haben, Pat ...«
A'Mascer machte sich über den Spion Gedanken. Möglichkeit eins: Der Kerl saß in einer der 20 Maschinen. Dann konnte er nicht funken, ohne daß es den anderen 19 auffiel. Möglichkeit zwei: Er war auf der KHEER zurückgeblieben und suchte nach einer Chance, seine Leute vorzuwarnen. Solange Pradesh den Träger in der Korona hielt, war dies jedoch funktechnisch nicht machbar. Es sei denn mit hoher Sendestärke, aber dazu hätte er schon die Funkzentrale der KHEER besetzen müssen.
Um 18.23 Uhr erreichten sie den Orbit von Thoben-6. Gegen 18.30 Uhr drangen sie in den Luftraum des Kontinents Ferenize ein. A'Mascer ging davon aus, daß sie in diesem Moment routinemäßig von der Ortung des Stützpunktes erfaßt wurden. Er sandte ein Kodesignal, das sie als einflugberechtigt kennzeichnete.
Hundert Kilometer, überlegte A'Mascer. *Ein Katzensprung.*
»Auf Schallgeschwindigkeit heruntergehen!« kommandierte er. »Wir tun so, als wären wir normale Besucher.«

Ein dickes Wolkenband lag über dem Zielgebiet. Am nördlichen Zipfel von Ferenize ging eine Mischung

aus Schnee und Eisregen nieder.
Der Pech-Dahlia-Fluß hatte ein erdgeschichtliches Freilichtmuseum in den Fels gemeißelt: Gesteinstreppen reichten bis zu dreihundert Meter tief in den Grund, ein Paradies für Geologen. Früher war dies hier Feriengebiet gewesen, heute breitete das Militär von Thoben-6 seine Hand über die Ebene.
Achtzig Kilometer vor dem Ziel sprach der Funkempfänger des Strikers an. Die Positronik erkannte einen speziellen Schlüsselkode der Außenwelt-Piloten. A'Mascer stellte sicher, daß keiner der anderen Piloten mithören konnte, auch nicht Cevlington, Dunkersson und die anderen Captains.
Eine Nachricht von der KHEER – es war Aksai Pradesh. Für seine Handlungsweise mußte ein zwingender Grund vorliegen. Ansonsten hätte er nicht die Funkstille gebrochen.
»Oberstleutnant A'Mascer!« erklang die Stimme über Funk, vielfach von Störungen überlagert. »Trägerschiff KHEER ruft Oberstleutnant Seborian A'Mascer. Bitte kommen!«
»Hier A'Mascer. Was gibt's?«
»Pradesh spricht. Sir, wir haben soeben eine Hyperkom-Nachricht von der Alkanischen Abwehr empfangen. Der Spruch kam per Relaisstrecke an und wurde von uns durch Zufall aufgenommen. Wie es aussieht, wurde ein Hinweis auf den vermuteten Spion entdeckt.«
»Berichten, Pradesh. Sofort!«
Unten zog ein Felsmassiv vorbei, der Regen ließ kaum eine klare Sicht zu. A'Mascer rechnete jeden Augenblick

damit, daß die Anlagen von Pech Dahlia in Reichweite kamen.

»Ein Funkortungsgleiter der Trivideogesellschaft von Low Riva war zufällig am Uferstreifen tätig. Dort fiel ein geringfügiges, störendes Signal auf. Sie kriegten es nicht herein – bis sie merkten, daß das Signal vom Wasser kam. In der angegebenen Richtung gab es allerdings kein Objekt, das eine Funknachricht hätte senden können. Kein Schiff und kein Fluggerät.«

»Beeilen Sie sich!« forderte A'Mascer.

»Die Alkaner haben das Objekt angepeilt und gefunden. Sie haben ein gebrauchtes Hygienetuch aus dem Wasser gefischt.«

»*Was* sagen Sie? Ein Hygienetuch?«

»Richtig, Sir. Gebraucht. Das Labor hat Schnupfenviren, Speichel und Speisereste festgestellt. Mit etwas Geduld isolieren wir einen genetischen Fingerabdruck, der uns den Benutzer des Gegenstands liefern könnte. Übrigens, im Inneren waren ein miniaturisierter Positionssender mit sehr geringer Leistung und ein Stück wasserfeste Folie eingewickelt.«

A'Mascer konnte nichts mehr überraschen.

Er fragte: »Was stand darauf?«

»Ein nicht zu knackender Kode, Sir. Lediglich Zahlen ohne Sinn. Wir haben keine Chance, das in aller Eile zu dechiffrieren. Aber es war eindeutig ein Hygienetuch vom Träger KHEER, wir haben in einer Ecke das Wasserzeichen im Zellstoff gefunden. Das wäre alles. Ich dachte, ich unterrichte Sie besser.«

»Danke, Pradesh. Gut gemacht.«

Mit einem knackenden Geräusch brach die Leitung zusammen. Alles schien gesagt zu sein. Die Ankunft im Zielgebiet stand kurz bevor, und A'Mascer hatte nicht die Zeit, sich über eventuelle Konsequenzen Gedanken zu machen.
In weniger als fünfzig Metern Höhe rasten sie über den Boden hinweg. Mit positronischer Hilfe hielten sie den notwendigen Abstand.
Zwischen Felsen versteckt lagen die Orterstationen der Pech-Dahlia-Anlage. Ihm fiel auf, daß keines der Geräte aktive Tasterimpulse aussandte. Es gab keine Anfragen mehr, keine Kommunikationsversuche. *Weshalb die Stille?* Die Tiefebene lag im Schneeregen völlig ausgestorben da.
Nicht weiter als zwei Kilometer entfernt ragten die ersten Gebäude auf. A'Mascer ließ das Tempo nochmals reduzieren.
Im selben Augenblick ereignete sich eine fürchterliche Explosion, direkt im Zentrum der Ebene, und ihm wurde schlagartig klar, was die Stille zu bedeuten hatte.

Deshalb keine Tastimpulse – PACET hatte das Warnsystem sabotiert. *Eine zweite Explosion.* A'Mascer glaubte, unter sich einen huschenden Schatten von schlanker Form wahrzunehmen, konnte aber bei näherem Hinsehen nichts mehr entdecken.
Explosion Nummer drei ereignete sich in der folgenden Sekunde.
»Scheiße, Sir ... Ich meine, das kann doch nicht sein!« hauchte Keanogh fassungslos.

A'Mascer erwiderte tonlos: »PACET beschießt die Station mit Radiant III-Raketen.«
Die Ebene verschwand in einer Wolke aus Feuer und Rauch. Unten tobte ein Inferno. Der Strom der Missiles schien nicht enden zu wollen. Ein Automatikgeschütz schickte Thermostrahlen in den Himmel, aber nur wenige Sekunden lang, bis zum nächsten Bombeneinschlag. Eine Glocke aus Energie legte sich über das Areal; bis eine fünfzig Meter hohe Stichflamme aus dem Zentrum der Station den Versuch beendete.
A'Mascer begriff, daß soeben der Reaktor detoniert war, der den Schutzschirm speiste. Die Reste wurden von einer Radiant beiseite gefegt.
Er zog die Microstriker zu einer engen Formation zusammen. Als Position wählte er eine nahe gelegene Nebelbank. Dort waren sie nicht gegen Ortung, wohl aber vor zufälligen Blicken geschützt.
Feuerzauber. Tödlicher Regen. Da unten starben Menschen, und er konnte nichts dagegen tun. A'Mascer machte sich Vorwürfe, daß er nicht frühzeitig eine Warnung herausgegeben hatte. Die Militärs von Pech Dahlia hätten sich womöglich eingeigelt, oder sie hätten die Station evakuieren lassen.
Dann aber sagte er sich, daß jede Gegenwehr nur den Einsatz der Vernichtungsmittel erhöht hätte. Statt der Station hätte PACET den halben Kontinent in die Luft gejagt – und wäre doch ans Ziel gelangt.
Der Fehler lag darin, daß sie zu spät kamen. Er durfte sich nicht mit Vorwürfen martern. Statt dessen mußte er sehen, daß die grenzenlose Katastrophe verhindert

wurde. Gegen die Raketen waren sie machtlos. Wenn sie kämpfen wollten, brauchten sie einen faßbaren Gegner. A'Mascer war sicher, daß dieser Gegner das Schlachtfeld bald betreten würde.

Nach zwei Minuten endete das Bombardement. Sämtliche Gebäude an der Oberfläche schienen vernichtet zu sein.

Die Radiant IV-Missiles lagerten jedoch nicht oberirdisch, sondern in Kavernen. PACET mußte das ebenfalls wissen. Mit der Vernichtung der Verteidiger war es nicht getan. Statt dessen rechnete A'Mascer jede Sekunde seit dem Beginn der nächsten Phase mit dem Auftritt des PACET-*Bergungskommandos.*

»Aufsteigende Objekte am Rand der Ebene!« meldete Keanogh aufgeregt.

»Schon gesehen, Pat!«

A'Mascer zählte mindestens sechzig Jäger.

»Striker-1 an alle!« sprach er über die Außenwelt-Piloten-Frequenz. »Sie haben uns noch nicht bemerkt, weil sie sich auf die Reste der Station konzentrieren. Wir lassen sie sammeln. Sobald die Hälfte der Maschinen gelandet ist und sich nicht wehren kann, brechen wir aus dem Hinterhalt. Verstanden? Bestätigung bitte von jeder Maschine.«

»Striker-2, Anweisung erhalten.«

»Hier Striker-3. Verstanden ...«

Der Reihe nach meldeten sich die übrigen Außenwelt-Piloten, während die PACET-Jäger anfingen, sich ungehindert über dem Militärgelände zu sammeln.

»Striker-9, Pilot Farree ...«

Der Militärkomplex hatte aus einem Dutzend niedriger Gebäude bestanden, umgeben von hohen Prallfeldzäunen. Davon war nicht mehr als ein rauchendes Trümmerfeld übrig.

»Striker-11, Anweisungen bestätigt ...«

A'Mascer überlegte einen Moment, was gewesen wäre, hätte PACET wirklich schwere Waffen eingesetzt. Im schlimmsten Fall wären die unterirdisch gelagerten Radiant IV-Sprengköpfe mit in die Luft geflogen. Nicht allein die Pech-Dahlia-Ebene wäre vernichtet worden, wahrscheinlich auch Ferenize, möglicherweise ganz Thoben-6.

»Hier Striker-16, roger and over ...«

Die feindlichen Jäger kamen vollzählig zusammen. Tief unten kehrte Totenstille ein. Im Schneeregen erstarben die Brandherde rasch. Nur ein bißchen Qualm von kokelndem Plastik blieb noch übrig.

Die Außenwelt-Piloten hingen im optischen Schutz der Nebelwand. Es konnte nur Sekunden dauern, bis irgendwer sie entdeckte.

Sechzig zu zwanzig, die Übermacht war beachtlich. Widerwillig erkannte er die Leistung an, die dahintersteckte. Sechzig Gleiter zu stationieren, und das in unmittelbarer Nähe eines Militärstützpunktes ...

A'Mascer war sich darüber im klaren, daß PACET den heutigen Schlag über Jahre hinweg vorbereitet hatte.

Unter den sechzig Einheiten befanden sich 25 schwerstbewaffnete NovaSheep-Jäger, die gefährlichsten Gegner. Hinzu kamen zehn Super-Mercuras, fünf Lo-2-3-Käfer und – als vermutlich wichtigstes Element! – zwanzig

OG 101-Transporter. Die dickbauchigen Maschinen konnten zwischen drei und viereinhalb Tonnen Nutzlast bewegen. A'Mascer nahm an, daß sie für den Transport der Radiant IV-Raketen zuständig waren.

»Striker-19. Roger ...«

»Striker-20. Einsatzklar.«

A'Mascer wollte soeben das Startsignal geben, als ihm auffiel, daß die Rückmeldung von Striker-17 fehlte. Striker-17 war Kirjandor.

Im selben Augenblick preschte eine der Microstriker mit hoher Beschleunigung aus der Formation. Es war der höchste Wert, den eine Atmosphäre zuließ.

A'Mascer brauchte Sekundenbruchteile, bis er den Anblick verdaut hatte.

Striker-17. *Kirjandor.*

Der Sender im Low-Riva-Ozean, der mit einem gebrauchten Hygienetuch umwickelt war. Die ewig tropfende Nase des Pirostaners. Es gab nur einen einzigen Schluß, der sich aus alldem ziehen ließ: Topan Kirjandor, der Mann von Pirosta, war der gesuchte PACET-Spion.

Vor seinem geistigen Auge tauchte die Situation im Tuoch-Gebirge auf, als Kirjandors Koshan Rorix bereits verloren schien – und wie der Teufelskerl als letzter von allen noch dem Feind entkam. Jetzt wußte A'Mascer auch, *wieso.*

Striker-17 funkte mit maximaler Sendestärke auf so ungefähr jeder Frequenz, die man empfangen konnte. Adressaten seiner Sendungen waren die PACET-Jäger, die sich über die zerstörte Anlage senkten.

»Striker-1 an alle!« stieß A'Mascer hervor. »Die

Außenwelt-Piloten greifen an! Einen dicken Kuß für denjenigen, der mir Kirjandors Kopf auf einem Tablett serviert.«

Die Microstriker schossen vorwärts, aus der Nebelbank, in den Schneeregen, über die Terrassenkanten der Flußsenke hinaus.
A'Mascer bestimmte für Kirjandor Htontas zum Ersatzstaffelführer. Die Staffel des Antis bestand somit aus nur drei Maschinen.
»Bordgeschütze klarmachen!« kommandierte A'Mascer. »Schutzschirme aktivieren, und ... Salvenfeuer!«
Über dem Militärareal brach Chaos aus. Die PACET-Piloten erwiesen sich als Profis. Sie reagierten schneller, als A'Mascer es sich hätte träumen lassen. Energetische Blasen hüllten ihre Jäger ein, kaum daß der erste Schuß gefallen war.
Der ersten Striker-Welle fielen sieben Jäger zum Opfer, darunter vier OG 101-Transporter. Alle anderen brachten sich in Sicherheit. Ihre Ausweichmanöver rangierten von riskant bis halsbrecherisch.
Keanogh benutzte die Geschütze der Dreiecksflügel; die schwere Thermokanone im Bug war nicht für Bodenkampf, sondern für den freien Weltraum gedacht.
Zwei Thermobahnen hüllten A'Mascers Striker-1 in ein energetisches Kreuz. Wie in Zeitlupe sah er die Überlastkurve des Schutzschirms nach rechts wandern, in den roten Bereich. 90 Prozent. 100. 110 ... Er riß die Maschine nach unten, schoß auf den Boden zu, schüttelte die Verfolger durch überlegene Wendigkeit ab.

Hinter einem PACET-Jäger kam er heraus. Sekundenlang hielten sie denselben Kurs; eine seltene Gelegenheit, die so schnell nicht wieder kommen würde. Keanogh setzte zum ersten Mal die Bugkanone ein. Der Schirm der NovaSheep blähte sich auf, erreichte doppelten Durchmesser, dann platzte die Hülle. Striker-1 raste durch den Glutball einer Explosion.

»Feindliche Jäger ins Kreuzfeuer nehmen!« kommandierte er über Funk. »Wir brauchen immer mehrere Treffer zugleich! Dann haben wir sie!«

Die Luft war ein Knäuel aus Nahkampffeuer und kreisenden Jägern. A'Mascer sah zwei OG 101-Transporter zu Boden torkeln, dann zwei LO-2-3-Maschinen, die berüchtigten »Käfer«.

Sekundenlang klebten drei NovaSheep an seinem Heck. Urplötzlich ließ A'Mascer den Striker fallen. Er rasierte die verkohlte Kuppe eines Gebäudes ab, schaffte es aber, die Verfolger über seinen Kurs hinausschießen zu lassen.

»Hab' sie!« brüllte Keanogh.

Ein energetisches Gewitter schlug in die feindlichen Schirme.

Zwei weitere Microstriker kamen hinzu, einer schien Cevlington zu sein, der andere Htontas: für die NovaSheep das Ende.

Allmählich kämpfte sich der Pulk auseinander.

A'Mascer hatte plötzlich Striker-17 vor sich – den Verräter Kirjandor. Wenige Sekunden hielt er Blickkontakt, und er meinte fast, ein breites pirostanisches Grinsen durch die Kanzel zu erblicken. Natürlich war es eine Täuschung, auf die Entfernung war kein

Blickkontakt möglich. Keanogh löste die Desintegratorkanonen aus. Eine der Garben schien den Schirm von Striker-17 zu durchschlagen. Doch es war zu spät, Kirjandor tauchte im Getümmel unter.
Vor A'Mascers Augen detonierte Striker-3. *Der junge Pazuta.* Schuld waren eine LO-2-3 und eine NovaSheep, beide drehten ab und nahmen den nächsten Striker in die Zange.
Über Dunkerssons Schutzschirm kreuzten sich zwei Thermobahnen. A'Mascer war zu weit entfernt, er konnte nichts mehr unternehmen.
»Dunkersson!« schrie er. »NovaSheep und Käfer auf sechzig Grad!«
»Längst gesehen, Oberstleutnant.«
Dunkersson setzte einen Looping an, den die anderen aufgrund ihrer Bauweise nicht nachvollziehen konnten, und gelangte in den Rücken seiner Gegner. Den ersten schoß er ab, als eine zweite Thermobahn sich mit seinem eigenen Feuer kreuzte. Der nächste trudelte zu Boden, mit abgerissenem Heck.
Zwei weitere Explosionen, beides Microstriker. Nummer 12 und Nummer 14, Ledroit und Meferos. Vorbei.
A'Mascer wünschte sich, er hätte noch Kommandeur Laurents gehabt, der die Verantwortung tragen konnte. Keine Zeit für Schuldgefühle, mahnte er sich. Jede Sekunde, die er zögerte, kostete ein Leben.
Keanogh schoß zwei weitere LO-2-3-Käfer ab, die den Kurs von Striker-1 kreuzten. A'Mascer erwischte persönlich den letzten OG 101.
Dann sah er die PACET-Maschinen nur noch von hinten.

Der Pulk der Feinde löste sich auf. Jemand hatte den Rückzugsbefehl erteilt; ohne Transporter konnten sie die Radiant IV-Missiles vergessen.
»Sie fliehen, Oberstleutnant!«
»Ja, Pat.«
Seborian A'Mascer kam zur Besinnung. Die Gegner waren verschwunden. Von seinen zwanzig Microstriker waren acht zerstört. Er hatte acht Piloten und acht Schützen verloren. Die restlichen PACET-Maschinen, es waren zwanzig von ursprünglich sechzig, entfernten sich mit hohen Schubwerten Richtung Norden, über die ferenizische Kontinentalgrenze hinweg.
Es würde ihnen wenig helfen. Die KHEER hatte sich mittlerweile Richtung Thoben-6 in Marsch gesetzt; sollten Aksai Pradesh und die Streitkräfte der Systemverteidigung den Rest besorgen! Der große Plan war vereitelt. Die Radiant IV-Raketen befanden sich in Sicherheit, auch wenn der Stützpunkt in Trümmern lag.
»Oberstleutnant ...«, murmelte Keanogh plötzlich mit sonderbarem Ton. »Sehen Sie mal die Orterschirme. Fällt Ihnen nichts auf?«
A'Mascer nahm jeden Reflex unter die Lupe. Ihm fiel sofort ins Auge, was gemeint war: Unter den fliehenden Einheiten befand sich der Reflex eines Microstriker-Jägers.
»Kirjandor! Das Schwein ist immer noch da! – Pat, wir werden uns den Kerl holen.«
»Immer dabei, Sir!« Keanogh stieß einen regelrechten Jagdruf aus. A'Mascer übergab das Kommando an Captain Cevlington. Es war Aufgabe des Quynglorers,

die Stellung zu halten. Eventuelle Überlebende mußten geborgen werden, ansonsten sollten sie das Eintreffen regulärer Streitkräfte abwarten.
»Los geht's!«
Striker-1 schoß mit äußerstem Atmosphäreschub schräg nach oben.

Sie ließen die Pech-Dahlia-Tiefebene hinter sich. Die PACET-Leute steuerten weiterhin nordwärts. A'Mascer wußte nicht, aus welchem Grund, doch er war sicher, daß sie nirgendwo mehr entkommen konnten.
Im Orbit sammelten sich die Kampfkreuzer von Thoben-6, darunter die KHEER.
Erneut schlug das Funkgerät an:
»Aksai Pradesh ruft Oberstleutnant A'Mascer! Bitte melden!«
»A'Mascer spricht. Was gibt es, Major?«
»Wir haben Transmitteraktivitäten geortet. Es scheint, als befinde sich 340 Kilometer nördlich Ihres Standortes eine getarnte Station.«
A'Mascer ballte unwillkürlich eine Hand zur Faust. »Ausgezeichnet!« rief er. »Damit wissen wir, wie sie die Radiants von Thoben-6 wegschaffen wollten! Pradesh, Sie kümmern sich um diese Station! Ich will nicht, daß ein Transmittertransport zustande kommt.«
»Verstanden, Sir. Wir beeilen uns.«
A'Mascer richtete seinen Blick nach vorn. Mit bloßem Auge waren die PACET-Jäger nicht sichtbar. Aber sie würden es bald sein. Die NovaSheep und die LO-2-3 kamen in der Atmosphäre auf eine sehr viel geringere

Geschwindigkeit als die Microstriker. Ihr geringes Tempo bremste auch Kirjandor.
»Zwei Minuten, Pat, dann haben wir sie.«
»Wenn ich darauf hinweisen darf, Sir: Die Flüchtlinge werden in der Übermacht sein.«
»Wir werden versuchen, Kirjandor abzudrängen.«
Im selben Moment löste sich eine Maschine aus dem Pulk. A'Mascer sah, daß es der Reflex von Striker-17 war. Kirjandor war kein Dummkopf. Er wußte, daß er gemeinsam mit den anderen nicht entkommen konnte. Deshalb wählte er seinen eigenen Weg. Striker-17 zog mit erhöhter Geschwindigkeit davon. A'Mascer korrigierte seinen Kurs, immer hinter Kirjandor her. Das Ziel des Pirostaners schien die ferenizische Großstadt Amaega-City zu sein.
»Er will sich verstecken, der Hund«, meinte Keanogh verachtungsvoll. »Der glaubt wohl, daß er in der Stadt untertauchen kann.«
»Zumindest können wir ihn dort nicht wirksam unter Feuer nehmen. Viel zu viele Menschen. Er wird das kaltblütig ausnutzen.«
A'Mascer vermochte es immer noch nicht zu fassen; ausgerechnet Topan Kirjandor. Niemand hatte die Spur eines Verdachts gehegt.
Drei Minuten lang blieben sie hinter ihm. Kirjandor versuchte keine Ausweichmanöver. Nach einer weiteren Minute holte A'Mascer plötzlich auf: Striker-17 brachte nur noch 60 Prozent Atmosphärengeschwindigkeit, Striker-1 dagegen den vollen Wert.
»Jetzt versucht er's! Irgendein Trick!«

»Nein, Pat. Die Ortungscharakteristik läßt eher auf einen Schaden schließen. Seine Striker ist beschädigt. Also haben wir ihn doch getroffen.«
A'Mascer nahm an, daß Kirjandors Maschine mindestens einen Streifschuß abbekommen hatte. Vielleicht war für einen Sekundenbruchteil sein Schirm ausgefallen. Im Kampf konnte das entscheidend sein.
Die Microstriker schossen über ein karstiges Gebirge hinweg.
Striker-17 tauchte urplötzlich nach unten ab. Im zunehmenden Schneeregen wählte er den Weg zwischen die Cañons. Nur noch die Orter zeigten, welchen Weg er genommen hatte.
Vorsicht jetzt. Der Kerl ist kein Dummkopf.
Kirjandor wußte, daß zwischen ihm und der Freiheit in Amaega-City A'Mascers Microstriker stand.
Mit einemmal war der Orterschirm leer.
»Was ist jetzt denn?« fragte Keanogh entgeistert.
A'Mascer antwortete: »Kirjandor hat seinen Striker auf Grund gelegt. Er muß sämtliche Maschinen abgeschaltet haben. Zumindest auf niedrigste Leistung gedimmt.«
Eine Sekunde lang überlegte er, ob er das Gelände von hoch oben untersuchen sollte. In der Luft wären sie jedoch ein leichtes Ziel gewesen.
Striker-1 tauchte in die Schlucht, die Kirjandor für den letzten Kampf ausgewählt hatte. Die gegenüberliegenden Wände klafften zweihundert Meter auseinander. Sie bestanden aus rotem Kreidefels. Es gab Dutzende von Ab- und Überhängen, Erosionshöhlen, Vertiefungen im Boden.

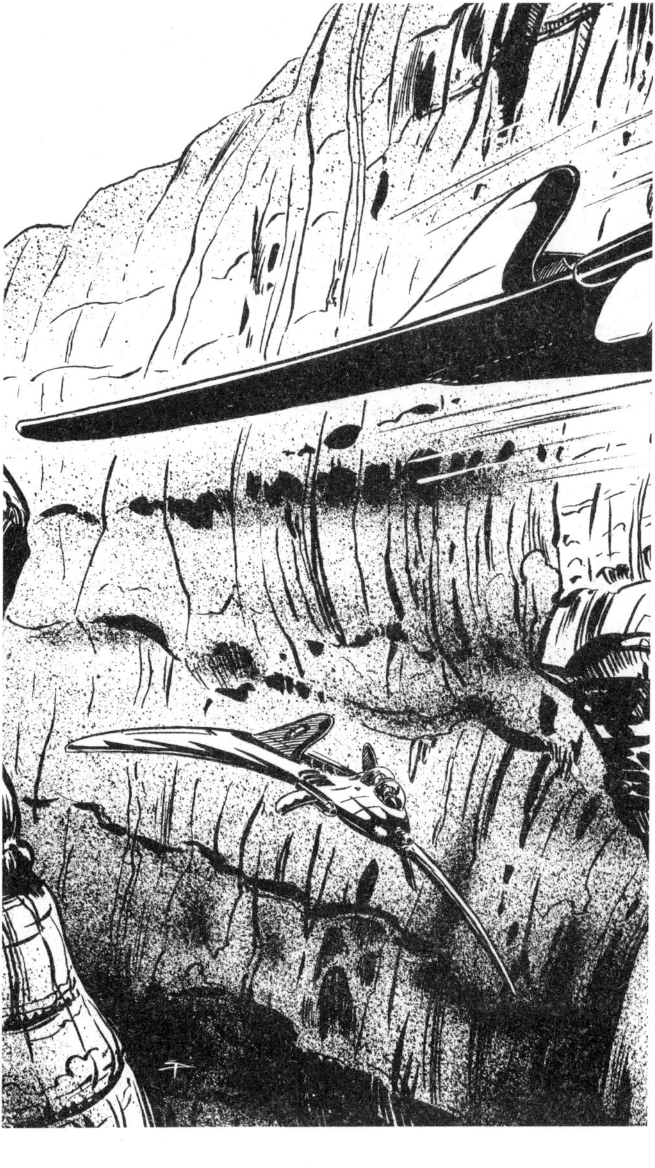

Ein Reflex entfernte sich Richtung Westen.
»Das ist er!« A'Mascer riß den Striker herum und folgte Kirjandor. Plötzlich war der Schirm wieder leer. Die Stelle war nicht exakt lokalisierbar. Er ließ die Maschine mißtrauisch vorwärts gleiten; Keanogh hielt die Finger buchstäblich am Abzug bereit, an der Feuerpositronik, und spähte hinter jeden Überhang. Trotzdem schnappte die Falle zu. A'Mascer sah nur noch den Blitz einer Thermokanone. Der Einschlag im Schirm ließ Striker-1 wie eine angeschlagene Glocke dröhnen. Er riß die Maschine hoch, entging um wenige Meter dem nächsten Treffer. Keanogh hielt mit den Flügelkanonen direkt in die Steilwand; wo Kirjandor im Hinterhalt gelauert hatte. Für den Bruchteil einer Sekunde konnte man seinen Striker sehen, halbwegs auf dem Kopf stehend, im Steilflug abwärts begriffen. Das Heck war über mehrere Meter aufgerissen.
A'Mascer hatte Striker-17 deutlich im Orter. Er dachte nicht daran, sofort zu folgen. Wo sich Kirjandor eingenistet hatte, war die Maschine von zwei Seiten geschützt. Sie kamen nicht an ihn heran, ohne sich erneut ins Fadenkreuz zu begeben.
»Ein schlauer Kerl ...«, murmelte A'Mascer. »Wenn wir ihn angreifen wollen, dann geht es an dieser Stelle nur frontal. Dann heißt es er oder wir ... Fünfzig zu fünfzig. Schlechte Aussichten, Pat. Nein, das werden wir gewiß nicht tun. Ich würfle nicht um unser Leben.«
»Sein Striker ist beschädigt!«
»Nur der Antrieb. Ich glaube, er hat noch seine volle Feuerkraft.«

»Und was dann?« fragte Keanogh lauernd. »Warten wir auf die KHEER?«
»Nein. Keiner weiß, was ihm bis dahin an Gemeinheiten einfällt. Pradesh soll die Transmitterstation nehmen, wir erledigen das hier.« *Es ist persönlich*, dachte er, aber er wagte es nicht laut zu sagen. Keanogh wußte auch so Bescheid.
A'Mascer schaltete das Funkgerät ein. Er blieb auf Aussenpilot-Frequenz, weil er sich denken konnte, daß der Pirostaner genau die jetzt abhörte. »Hallo, Topan!« sagte er laut. »Es sieht für dich alles nicht sehr gut aus.«
Knacken. »Hallo, Oberstleutnant!«
»Ich fordere dich zur Übergabe auf, Topan.«
Kirjandor lachte sarkastisch. »Das kann nicht dein Ernst sein, Oberstleutnant. Aus welchem Grund sollte ich auf meine Chance verzichten? Verschwinde einfach, und es ist vorbei.«
»Du weißt, daß ich das nicht tun werde.«
Noch einmal erklang das sarkastische Lachen, dann hatte Kirjandor die Verbindung unterbrochen.
A'Mascer schaute lange auf den Überhang, der Striker-17 gegen jeden Angriff von oben schützte. Er sah das poröse Gestein, die körnige Brockenstruktur. Ihm wurde bewußt, daß Topan Kirjandor einen Fehler begangen hatte. Vor seinem inneren Auge zogen Gesichter vorbei: Laurents, der junge Pazuta. Ledroit und Meferos. Die Piloten aus dem Tuoch-Gebirge, nicht zu vergessen.
Ob er sich zum Oberstleutnant der Außenwelt-Piloten eignete, darüber konnte man geteilter Meinung sein; doch A'Mascer hatte nicht die Absicht, Kirjandor jetzt

noch entkommen zu lassen. Er gestand sich ein, daß persönlicher Haß ihn erfüllte, und er wußte, daß die Emotion verwerflich war. Es war ihm egal. Er wollte nicht dagegen ankämpfen. »Patrik ... Was meinen Sie: Riskieren wir einen Warnschuß mit der Bugkanone?«

»Ein Warnschuß? Ich verstehe nicht.« A'Mascer zeigte ihm das Ziel an. Keanogh drehte sich für eine Sekunde zu ihm um, und A'Mascer sah seine Augen riesengroß werden. Dann fiel er wieder in seinen Schützensitz zurück. »Natürlich, Sir. Es ist ja nur ein Warnschuß.«

Keanogh justierte die Kanone mit der größten möglichen Gewissenhaftigkeit. »Feuern Sie, Pat!«

Das starre Thermogeschütz spuckte Energie. Die volle Ladung schlug in den Fels, wenige Meter oberhalb des Jägers. Striker-17 wurde nicht getroffen, weil er sich im toten Winkel befand. Kirjandor bewegte sich um keinen Zentimeter. Flüssiges Gestein spritzte. Die gesamte Energie verpuffte weitab vom Microstriker. *Stillhalten, Topan ... Gut so. Zeig uns deine Nervenstärke. Warst du nicht immer stolz darauf?* Kirjandor reagierte nicht. Das Thermofeuer stellte aus seiner Sicht anscheinend keine Bedrohung dar.

A'Mascer sah das Gestein in hellem Orange erglühen. Die Wand aus Kreidefelsen zersplitterte unter der ungeheuren Hitze. Ein Gesteinsregen ging auf Striker-17 nieder, ein Erdrutsch, bevor der Pirostaner noch erfassen konnte, was überhaupt geschehen war. Die meisten Brocken waren tonnenschwer.

Kirjandors Schutzschirm wurde aufgerissen. Es gab eine Grenze für mechanische Belastung, und diese Grenze

wurde nun um ein vielfaches überschritten. Etwas explodierte. A'Mascer sah eine Stichflamme aus Kirjandors Heck schießen. Im selben Augenblick löste sich Striker-17. Der Jäger trudelte exakt auf A'Mascer und Keanogh zu. »Ergib dich, Topan!« schrie A'Mascer über Funk.
Doch Kirjandor reagierte nicht. *Das ist das Ende. Du hast verloren, Bruder.* Keanogh drückte auf den Feuerknopf.
Der Striker-17 schien zu bersten, wurde aus der Bahn geschleudert, trudelte scheinbar im Zeitlupentempo zu Boden. Kirjandors Maschine zerschellte zwischen den Felsen. Es gab keine Explosion. Striker-17 fing am Boden Feuer und blieb endlich liegen. A'Mascer fragte sich, was an einem Microstriker brennen konnte.
»Diese Ratte!« stieß Keanogh voller Abscheu hervor. »Jetzt hat er, was er verdient hat!«
A'Mascer ließ den Jäger vorsichtig tiefer sinken. Aber es war wirklich vorbei. Kirjandor konnte ihnen und niemandem mehr gefährlich werden. Je näher sie dem Boden rückten, desto greller loderte das Feuer auf, vom dichten Schneeregen offensichtlich nicht behindert.
A'Mascer landete auf einem Felsvorsprung. Gemeinsam mit Keanogh kletterte er aus der Kanzel ins Freie. Sie waren von einer Sekunde zur anderen durchnäßt und durchgefroren. Nur von vorne schlug ihnen Hitze ins Gesicht.
Von nahem wirkte Striker-17 erstaunlich intakt, die Sicherheitssysteme hatten einen Großteil der kinetischen Energie in Materialverformung umgewandelt.
A'Mascer machte im Qualm eine menschliche Gestalt aus: Im Sitz des Bordschützen hing eine Leiche.

A'Mascer hatte den Mann niemals zur Kenntnis genommen. Er mußte jedoch ebenso zu PACET gehört haben wie Kirjandor selbst. Sekundenlang starrte er auf den Kanzelrand – und sah mit einemmal, wie sich ein Arm ins Freie tastete. »Das kann doch nicht ... Das ist unmöglich ...«

A'Mascer sprang hinzu, so rasch er konnte. Kirjandor lebte. Er zog den Mann, von Keanogh unterstützt, ins Freie. Dabei riß er sich an den Kanzelsplittern die Hände auf. Der Pirostaner war in üblem Zustand. Daß überhaupt noch etwas von ihm übrig war, schien an ein Wunder zu grenzen. Der Andruckneutralisator mußte bis zum letzten Augenblick funktioniert haben. *Er hat überall Verbrennungen dritten Grades und Splitter im Rücken. Er wird sterben.*

A'Mascer hob die erstaunlich leichte Gestalt auf seinen Rücken, trug Kirjandor ein paar Meter weit und bettete ihn zwischen zwei Felsen, so sanft er konnte. Plötzlich schlug der Pirostaner die Augen auf. Er versuchte zu reden, spuckte aber nur Blut.

»Ruhig, Topan. Es ist gleich vorbei.«

Kirjandor grinste abfällig.

»Das ... hättest du nicht gedacht, was?« Er hustete qualvoll. Jedes Wort schien ihm ungeheure Schmerzen zu bereiten. »So ist das, Seborian, wenn man älter wird. Irgendwann bist du an dem Punkt, wo du auch mal reich sein willst ... Nicht nur die Guan Masinos dieser Welt.«

Topan Kirjandor bäumte sich mit einem blutersticktem Hustenanfall auf. Dann atmete er nicht mehr. A'Mascer drückte ihm die Augen zu.

8

Fünfzig Männer in den Overalls der Außenwelt-Piloten bildeten ein Spalier. Der Sarg mit der Borghenhall-Fahne wurde von Dunkersson, Farree, Htontas, Pradesh, Cevlington und A'Mascer getragen. Jemand hielt eine Trauerrede auf Caneron Laurents – dann wurde die Schleuse geöffnet. Die Leiche wurde mit der Dekompression in den Weltraum gewirbelt. Irgendwann würde ein Stern den Körper einfangen, und Laurents' tiefgefrorene Reste würden in der Korona verbrennen. Sein Körper kehrte dann als Licht ins Universum zurück.

Es war ein schrecklicher Augenblick, der vielen Leuten naheging.

A'Mascer ließ die KHEER Kurs Richtung Alkan nehmen. Einige Tage lang passierte überhaupt nichts. Am Trägerschiff wurden Schäden ausgebessert, die verbliebenen Microstriker wurden in kampffähigen Zustand zurückversetzt.

Tatsächlich spielten sich die Ereignisse außerhalb ab, unten in der Stadt Low Riva. Die Computer des Zarkin-Towers lieferten täglich neues Datenmaterial. PACET flog zu mehr als neunzig Prozent auf. Kampfschiffe und Polizeikommandos wurden in Marsch gesetzt.

Daß man eine solche Organisation jemals ganz zerschlagen konnte, daran glaubten nur unverbesserliche

Optimisten. *So, wie Laurents im Grunde seines Herzens einer gewesen war.*
A'Mascer sprach mit Tausenden von Leuten, die sich für wichtig hielten. Stunden und Tage verbrachte er mit einem gewissen Trübsinn, dessen Ursache er nicht lokalisieren konnte. Dann wurde es still im Träger. Der Schlaf wollte nicht kommen, und als es doch soweit war, wälzte sich A'Mascer unruhig von einer Seite auf die andere.
Erst der Interkom riß ihn aus seinem Dämmerzustand. Es war Aksai Pradesh. »Was gibt es, Major?«
»Oberstleutnant, Sie erhalten Besuch. Eine Raumfähre von Low Riva befindet sich im Anflug auf die KHEER.«
»Wer kommt ...?«
A'Mascer unterbrach sich. Er eilte hinaus, ohne den Interkom weiter zu beachten. Mit einemmal wußte er, wer in der Fähre saß. Ein Antigravschacht transportierte ihn schnell hoch zu den Landedecks. Er kam gerade zurecht, um das Schauspiel zu beobachten: Eine einsame, langbeinige Gestalt in einem Regenmantel zwängte sich aus der Fähre ins Freie. A'Mascer sah sie vom Schott aus den ganzen Weg heranschlendern. *Welch ein Gang!* Eine schönere Frau hatte er noch immer nicht gesehen; was allerdings angesichts der Kampfhandlungen, die hinter ihm lagen, auch kein Wunder war.
»Orchida ... Ich weiß nicht, was ich sagen soll. Ich habe dich vermißt.«
»Ich dich auch. Du glaubst gar nicht, wie sehr.«
A'Mascer zog sie eng zu sich. Orchida Caryol roch wunderbar.

GLOSSAR

Begriffe und Bezeichnungen aus dem PERRY RHODAN-Universum

Akon

blaue Riesensonne mit 250 Millionen Kilometer Durchmesser, Entfernung vom Solsystem rund 45.000 Lichtjahre. Akon besitzt insgesamt 18 Planeten. Wegen des Sonnenspektrums und des systemumspannenden, blau leuchtenden Energieschirms wird das Akon-System nach der Entdeckung durch die Terraner im Jahr 2102 auch »Blaues System« genannt.

Arkon

Die große weiße Sonne liegt fast genau im Zentrum des Kugelsternhaufens M 13. Sie wird von 27 Planeten begleitet. Bis zum Jahr 2329 alter Zeitrechnung wurde die Sonne von den drei Arkon-Planeten umkreist, die sich mit gleicher Geschwindigkeit und auf derselben Umlaufbahn bewegten, als Eckpunkte eines gleichschenkligen Dreiecks. Die Sonnenentfernung der drei Planeten betrug 620 Millionen Kilometer. Eine der drei Welten, der Kriegsplanet Arkon III, wurde im Jahr 2329 durch einen Überfall der Blues komplett zerstört. Seither bilden seine Trümmerstücke einen kosmischen Trümmerring auf der ehemaligen Bahn.

Blues

Auf der Ostseite der Galaxis, generell als »Eastside« bezeichnet, entwickelten sich die verschiedenen Völker der Blues, die ihren Beinamen wegen des blauen Pelzflaums erhalten haben, der ihren gesamten Körper – mit Ausnahme von Kopf und Hals – bedeckt. Die Terraner stießen im 24. Jahrhundert auf das riesige Sternenreich der Blues, die zu dieser Zeit bereits verheerende Bruderkriege führten. Es kam zu großen Konflikten zwischen den Arkoniden, Akonen und Terranern auf der einen sowie den Blues auf der anderen Seite; in diesem Konflikt unterlagen letztlich die Blues. (Geschildert wurden diese Ereignisse in den PERRY RHODAN-Büchern 18, 19 und 20.) Zur aktuellen Handlungszeit sind die Blues nach wie vor in ihre einzelnen Völkerschaften zerfallen; es gibt rund 2500 selbständige Blues-Reiche. Die wichtigsten wie die Gataser und Apasos haben sich dem Forum Raglund angeschlossen, einem der drei Machtblöcke in der Milchstraße.

Borghenhall
22.400 Lichtjahre von Terra entfernt, am Rand der Milchstraße gelegen, gilt im Jahr 2420 als »Niemandsland der Mächte«. Die galaktischen Großmächte Terra, Arkon, Akon und andere galaktische Blöcke verfügen über keinerlei militärischen Zugriff auf das Areal. Da dem Sternhaufen keinerlei strategische Bedeutung zukommt, ist das Interesse der fernen Supermächte gering. Jede Einflußnahme kostet mehr, als sie einbringt.
Zu Borghenhall gehören dreißig besiedelte Welten. Diese haben zu einem losen Staatenbündnis zusammengefunden, das in der vorliegenden Form in der Milchstraße bislang ohne Beispiel ist.
38 Milliarden Siedler stellen aktuell die Bevölkerung, viele davon sind bereits die dritte Generation. Borghenhall wurde früh zum Sammelpunkt von Kolonisten, die der traditionellen Feindschaft der Völker entsagen wollen. Der Sternhaufen gilt als frühes Beispiel einer Kooperation, in der sich – ansonsten gegnerische – Völker verbünden.

Der Sektor Borghenhall funktioniert jedoch allein durch ökonomischen Druck. Die mangelnde Präsenz der fernen Mutterwelten zwingt zur Zusammenarbeit. Ein militärischer Konflikt scheint allein durch die Tatsache ausgeschlossen, daß im gesamten Haufen keine Raumschiffe über 200 m Durchmesser zu finden sind.

Dreiplanetenbund

Auf den erschlossenen drei Planeten des Systems (der wichtigste ist Alkan mit der Hauptstadt Low Riva) lebt ein friedliches Vielvölkergemisch. Alkan gilt als militärisch »stärkste« Welt von Borghenhall.

Gataser

nach jahrhundertelangen Bruderkriegen das beherrschende Volk der Blues. Gatas, ihre Heimatwelt, ist die Keimzelle des bluesschen Sternenreichs. Da die Gataser ein sehr fruchtbares Volk sind, leidet ihre Welt an einer hoffnungslosen Überbevölkerung.

Meister der Insel

Kurzform: MdI. Bezeichnung für anfangs dreizehn, später sieben relativ unsterbliche Tefroder, die die Macht in **Andromeda** an sich rissen und eine über zwanzigtausend Jahre währende Herrschaft ausübten, die sie durch Terror und den Einsatz einer überlegenen Technologie (Duplo-Heere, Zeittransmitter) sicherten.

Sämtliche Meister der Insel kamen während des Kriegs gegen das Solare Imperium unter Perry Rhodan in den Jahren 2404 bis 2406 ums Leben. Ihre Macht war aber erst mit dem Tod der FAKTOR I, Mirona Thetin, endgültig gebrochen, die, als die Niederlage der MdI so gut wie besiegelt war, noch versuchte, das Solare Imperium durch eine Zeitmanipulation auszulöschen.

Moskito-Jet
torpedoförmiger Raumjäger, der als Beibootwaffe an Bord größerer terranischer Raumschiffe mitgeführt wird. Grundkonstruktion des erstmals 2404 vorgestellten Jägers ist ein sechsundzwanzig Meter langes Zweimannfahrzeug mit Dreiecksflügeln, geeignet zum Flug innerhalb von Atmosphären, dem freien Weltraum und dem Linearraum, mit einer starr im Bug eingebauten Transformkanone als Hauptbewaffnung. Das technisch verbesserte Nachfolgemodell wird Lightning-Jet genannt und besitzt einen Waring-Mikrokompensationskonverter mit einer maximalen Einsatzreichweite von 300.000 Lichtjahren.

Pirosta
dient in erster Linie Abkömmlingen ehemaliger Arkon-Kolonisten als Lebensraum. Pirosta ist eine Industriewelt.

Pont Selimor
produziert als wichtigstes Ausfuhrgut Drogen, das sogenannte Gift. Diese Dschungelwelt besitzt keine funktionierende Regierung.

Thoben-6
wurde vor mehr als zwei Jahrhunderten direkt von Terranern besiedelt. Wahlheimat von Seborian A'Mascer und Caneron Laurents, eine der ältesten Borghenhall-Welten.

Whaan
ist von ehemaligen Gataser-Blues besiedelt. In der Enklave Sleit Kerüm leben allerdings auch ehemalige Latoser. Die traditionelle Feindschaft zwischen Gatasern und Latosern gilt auf Whaan als überwunden.

Perry Rhodan
DAS VURGUZZ -IMPERIUM
BSV

Perry Rhodan

Perry Rhodan
RÜCKKEHR NACH DEROGWANIEN

Perry Rhodan
DAS SYNDIKAT DER MÄCHTIGEN

Perry Rhodan

Perry Rhodan
DRAGON TOWER

Perry Rhodan

Perry Rhodan
RAUMSCHIFF ZU VERKAUFEN

Perry Rhodan
DAS VERSTECK DER STERNENGARDE